रतिरहस्य

कामसूत्र के सांप्रयोगिक, कन्यासंप्रयुक्तक, भार्याधिकारिक, पारदारिक एवं औपनिषदिक अधिकरणों के आधार ग्रहण करते हुये पण्डित पारिभद्र के पौत्र तथा पण्डित तेजोक के पुत्र आचार्य कोक्कोक द्वारा रचित यह ग्रन्थ ५५५ श्लोकों एवं १५ परिच्छेदों में निबद्ध है। आचार्य कोक्कोक ने इस ग्रन्थ की रचना किसी वैन्यदत्त के मनोविनोदार्थ की थी।

ラティラハスヤ

―性愛秘義―

コッコーカ 著
文学研究会 訳

まちごとパブリッシング

रतिशास्त्रपरिज्ञानविहीना ये नराधमाः ।
तेषां रतिः श्वानवत्स्यान्न रतेः सुखमश्नुते ॥
रतेः सुखस्य ज्ञानार्थं कामशास्त्रं समभ्यसेत् ।
ज्ञात्वा कर्मणि कुर्वीत तत्रानन्दो भवेद् ध्रुवम् ॥
अन्यथा पशुवत्तेषां रतिकर्म सुनिष्फलम् ।
न चानन्दो न च सुखं दुःखस्यैव तु कारणम् ॥
संसारे सुरतं सारं सर्वलोकसुखप्रदम् ।
तन्न कुर्वन्ति ये मूढास्ते नराः पशवः स्मृताः ॥

愛経に通ぜざるものは低級《ていきゅう》にして、その性交《せいこう》は狗《いぬ》のごとく、性愛《せいあい》の快楽《かいらく》を味わい得ず。

性愛《せいあい》の快楽《かいらく》を知らんがためには愛経の学習を要す。これを知りて行事をなさば、ここに決定して歓喜あり。

しからずしては、その性交《せいこう》行事は禽獣《きんじゅう》のごとく何の効果もなし。歓喜《かんき》なく、快楽《かいらく》なく、ただこれ苦痛の原因となるのみ。

世に性愛《せいあい》は真髄《しんずい》なり。一切世界の快楽《かいらく》これより生《しょう》ず。これをなさざる愚人《ぐじん》は禽獣《きんじゅう》と称《しょう》せらる。

もくじ

ラティラハスヤ
―性愛秘義―

コッコーカ 著
印度文学研究会 訳

रतिरहस्य कोक्कोक　もくじ

かつて一婦人《いちふじん》あり。性欲の衝動《しょうどう》に苦しみ、かつ何人によっても満足をあたえられざりしため、着たる衣服を脱ぎ捨てて裸体となり、自己に満足をあたえ得《う》る男子に出会わせざる限り、裸体のまま天下を横行すべしと宣言せり。

かくてかの婦人は、王の謁見室《えっけんしつ》にはばかるところなく闖入《ちんにゅう》し来たれり。そこに聖者コーカ大仙は王のそばに坐しいたり。廷臣《ていしん》は周章狼狽《しゅうしょうろうばい》して、かの婦人にむかい、かかる醜態《しゅうたい》をもって羞恥《しゅうち》を感ぜざるかをたずねしに、婦人は平然としてこの室《へや》の中、一人の男子なし、婦人の中にありて婦人が裸体を示すも、何の羞恥《しゅうち》かあらんと傲語《ごうご》せり。

王をはじめとして廷臣《ていしん》一同はこれに対して返す言葉もなく、ただ黙然《もくぜん》として恥じ入

るのほかなかりしが、このとき大仙コーカは掌《てのひら》を合わせて王に奏《そう》し、この淫蕩飽《いんとうあ》くなき婦人を御《ぎょ》することの聴許《ちょうきょ》を請《こ》えり。

かくて王の聴許《ちょうきょ》のもとに大仙はその婦人を家に伴《ともな》い帰り、法のごとくこれを御《ぎょ》せしをもって、彼女は最高満足の歓喜のために失神《しっしん》するにいたれり。

ここに大仙はその婦人の腕と足とに黄金の針を貫き、ふたたび王の宮廷に出《い》でて、彼女をして敗北の告白をなさしめ、かつ即座《そくざ》に衣服を着せしめたり。

王はこのとき大仙に対して、切《せつ》にその勝利をかち得たる方法を説《と》かんことを請《こ》い、これに対して聖者コーカは王の前に性愛《せいあい》の秘義《ひぎ》を説《と》き、性交に関する幾多《いくた》有益なる智識《ちしき》を伝えたり。

पहला अध्याय

कामसूत्र के सांप्रयोगिक, कन्यासंप्रयुक्तक, भार्याधिकारिक, पारदारिक एवं औपनिषदिक अधिकरणों के आधार ग्रहण करते हुये पण्डित पारिभद्र के पौत्र तथा पण्डित तेजोक के पुत्र आचार्य कोक्कोक द्वारा रचित यह ग्रन्थ ५५५ श्लोकों एवं १५ परिच्छेदों में निबद्ध है। आचार्य कोक्कोक ने इस ग्रन्थ की रचना किसी वैन्यदत्त के मनोविनोदार्थ की थी।

第1篇
種姓

【愛神《カーマ》の讃頌《さんしょう》】

1

その愛をもって婦女《ふじょ》と交会《こうかい》し、三界《さんがい》を征服し、種々の行蹟《ぎょうせき》ある、かの愛神カーマをして、卿等《けいら》の上に一切の愛の恵みあらしめよ。

2

三つの都城《とじょう》を征服する（シヴァ神）の眼より生《しょう》ぜし光もて、焼かれて灰となりしとはいえ、ただちに力強くも（かの神を）半男半女の状態となせし、月の朋友《ほうゆう》、喜びの住処《すみか》、近く身を現《げん》ずる吉祥《きちじょう》なる神祇《じんぎ》、世人のよってもって愛欲を享受《きょうじゅ》すべき神祇《じんぎ》、意中《いちゅう》に生《しょう》ずるものなる、彼の上に勝利あれ。

3

あまねく人住む里にありて、蜜蜂《みつばち》の群れ、鋭《するど》き（春の）使いのコーキラ鳥、月の光の白き傘蓋《さんがい》、酔象《すいぞう》、マラヤの風、細き身体、弓のごとき蔓草《つるくさ》、戯《たわむ》るる、流し目の矢のならび、（これらは）世を征服する愛《カーマ》の大神に勝利あらしむ。

【本書の由来】

4

この書は聖なるヴィヌヤダッタ王の熱望により、詩人コッコーカのつくるところなり。賢者たちよ。性愛《せいあい》の学芸において灯明《とうみょう》にも等しき業蹟《ぎょうせき》を見よ。

5

幾度となく、古聖《こせい》の牝牛《めうし》に対し搾《しぼ》られし意義を搾《しぼ》り、専注《せんちゅう》せし智慧《ちえ》もてこれを攪拌《かくはん》して、この精髄《せいずい》を得たり。賢者たちよ。若く美しく十分に発育をなせしものの享楽《きょうらく》をなすべき、神々にすら敬《うやま》われし最勝《さいしょう》なる快楽を尊重せよ。

【本書の目的】

6

得《え》がたきを容易に得しめ、得たるところのものを享楽《きょうらく》し、享楽するにあたり快味《かいみ》を得る。これ性愛《せいあい》の経典《けいてん》の目的なり。

7

大空の蓋《がい》にて境《さかい》せる、水のうちふ

るえる世界において、唯一《ゆいいつ》、最上の精髄《せいずい》の全体なるこの欲楽《よくらく》の詳細は考察《こうさつ》せられたり。微細《びさい》なる性愛《せいあい》の種々なる技術に暗きものにして、何人《なにびと》がよく最高の真理の感受の喜びにも比《ひ》すべき、かの幸福を見出《みいだ》し得《う》べき。

8

種族《しゅぞく》、性状《せいじょう》、特質《とくしつ》、正しき生まれ、正義、動作、感情、および目的に通ぜず、性愛《せいあい》の内容を知らざるものは、若き婦女《ふじょ》を得るもつまずくべし。猿《さる》は椰子《やし》の実を得てもいかにかせん。

最初ナンディケーシュヴァラ、ゴーニカープトラの考察を主として集録《しゅうろく》し、後、ヴァーッチャーヤナにおよぶ。

9

ヴァーッチャーヤナの経典《カーマスートラ》に収められざるごときものも、古聖《こせい》の説に信をおき、われこれを示せり。もし他の気分を表わす説あらば、それをも採れり。無智《むち》のもののために明瞭《めいりょう》を期《き》するためなり。

【婦女《ふじょ》の種類】

10

婦女《ふじょ》には蓮華性《れんげせい》、雑色性《ざっしょくせい》、螺貝性《つぶがいせい》、象性《ぞうせい》あり。第一のものもっともすぐれ、次第に劣《おと》る。

【蓮華性《れんげせい》】

11

蓮華《れんげ》のつぼみのごとくやわらかく、その愛液《あいえき》には咲きたる蓮華《れんげ》の香《かおり》あり。眼は物に怖《お》じたる鹿の眼のごとき光あり。その縁《ふち》、潮紅《ちょうこう》せり。乳房《ちぶさ》は聖果《せいか》に似てめでたし。（聖果とは註によるにビルヴァ果なり）。

12

ケシの花のごとき鼻を有し、常に高僧《こうそう》、神祇《じんぎ》の尊敬に信《しん》をおき、青蓮《しょうれん》の花弁《かべん》の輝きあり。あるいは金《きん》のごとく黄白《こうはく》なり。そのヨーニ《女性器》は開きたる蓮華《れんげ》のごとし。

13

やわらかく、媚《び》を含み、鵞王《がおう》のごとく歩み、細身にして腹部《ふくぶ》に三条の線あり。声、白鳥《はくちょう》のごとく、美髪《びはつ》なり。

やさしく、浄《きよ》く、少食《しょうしょく》に、自重《じちょう》し、深くはじらい、花、衣服の白きを好むに蓮華性《れんげせい》なり。

【雑色性《ざっしょくせい》】

14

歩容佳《ほようか》にして、長短度《ど》を失《しっ》せず。身《み》痩《や》せ、乳房《ちぶさ》と臀部《おしり》豊かに、カラスの腿《もも》、上《うわ》ぞりの唇《くちびる》、甘《あま》き芳香《ほうこう》ある愛液《あいえき》、螺貝《つぶがい》の首、チャコーラの声もて語り、舞踊《ぶよう》、歌詠《かえい》等に熟《じゅく》す。

15

そのヨーニ《女性器》はまるく豊かに、内柔《やわら》かにして愛液《あいえき》に富み、毛は密《みつ》ならず。外部性交《がいぶせいこう》を好み、甘味《かんみ》ある食物を好む。これ雑色性《ざっしょくせい》にして、変態性交《へんたいせいこう》と種々なる色彩《しきさい》を好む。

【螺貝性《つぶがいせい》】

16

あるいは痩《や》せたるあり。あるいは肥《こ》えたるあり。身体脚腰《あしこし》長く、花、衣服は紅色《べにいろ》を好み、怒りやすく、首動かず。ヨーニ《女性器》は長く深く、きわめて多毛《たもう》、愛液《あいえき》に腐臭《ふしゅう》あり。

17
性交《せいこう》に多くの爪痕《つめあと》を生じ、愛液《あいえき》の分泌《ぶんぴつ》少量に、手足やや熱《じゅく》し、食少なからず、多からず。通例《つうれい》、胆汁質《たんじゅうしつ》にして、反逆性《はんぎゃくせい》、汚《けが》れし心あり。声ロバのごとし。これ螺貝性《つぶがいせい》なり。

【象性《ぞうせい》】

18
うるわしからぬ歩容《ほよう》、きわめて粗大《そだい》にして曲指《きょくし》ある足、短かくして肥えたる首、曲がり乱れて太き赭色《しゃしょく》の髪、身体にもヨーニ《女性器》にも、象のマダの香《にお》いあり。（マダは象の交尾期に前額部《ぜんがくぶ》より泌出《ひしゅつ》する液にして芳香《ほうこう》あり）。

19
辛《から》きもの渋《しぶ》きものを二倍量だけ食い、恥を知らず。きわめてひろき動く唇《くちびる》、性交《せいこう》の成就難《じょうじゅかた》く、ヨーニ《女性器》の外部多毛《たもう》、内部広闊《こうかつ》に、吃音《きつおん》なるはこれ象性《ぞうせい》なり。

20

性交《せいこう》をなすに、蓮華性《れんげせい》と雑色性《ざっしょくせい》の婦女《ふじょ》は、二、四、五、六、八、十、十二の数の日をもってすべく、象性《ぞうせい》の婦女《ふじょ》は七、九、十四、十五の日をもってすべく、螺貝性《つぶがいせい》の婦女《ふじょ》は、他の四日をもってす。

21

蓮華性《れんげせい》の婦女《ふじょ》は蓮座《パドマーサナ》性交《せいこう》にて、螺貝性《つぶがいせい》の婦女《ふじょ》は破竹形《ヴエーヌダーリク》性交《せいこう》にて、象性《ぞうせい》の婦女《ふじょ》は幹　足《スカンドハパーラユガラ》性交《せいこう》にて、雑色性《ざっしょくせい》の婦女《ふじょ》は都城式《ナーガラ》性交《せいこう》にて、これを楽しむべし。

22

欲楽《よくらく》を求むるものは、昼夜の初刻《しょこく》に雑色性《ざっしょくせい》の婦女《ふじょ》に行き、その第二刻《だいにこく》に象性《ぞうせい》の婦女《ふじょ》を享楽《きょうらく》し、第三刻《だいさんこく》にうるおえる状態にて、螺貝性《つぶがいせい》の婦女《ふじょ》に行き、第四の刻に愛すべき蓮華性《れんげせい》の婦女《ふじょ》を楽しむ。

23

【ヴァシーカラナマントラ（媚呪《びじゅ》もしくは蠱惑呪《こわくじゅ》）】

ニクズクを芭蕉《ばしょう》の球根《きゅうこん》に混《ま》じ、雑色性《ざっしょくせい》の婦女《ふじょ》に、鳩《はと》と蜜蜂《みつばち》を黒焼《くろやき》となし、蜜を混《ま》じて象性《ぞうせい》の婦女《ふじょ》に、聖果《せいか》にガンドハタガリーの根を混《ま》じて螺貝性《つぶがいせい》の婦女《ふじょ》に、これらをみなターンブーラに混和《こんわ》して与《あた》うれば、これらの婦女《ふじょ》を意のごとく御《ぎょ》し得《う》べし。同時にこれらの呪文《じゅもん》を唱うべし。

「オーム、パチャ、パチャ、ヴィハンガマ、ヴィハンガマ、カーマデーヴァーヤ、スヴァーハー」

この呪文《じゅもん》とともに、芭蕉《ばしょう》の球根《きゅうこん》とニクズクをベテルに混《ま》じ与《あた》うれば、雑色性《ざっしょくせい》の婦女《ふじょ》を御《ぎょ》し得《う》べし。

「オーム、チュヒンドヒ、チュヒンドヒ、ヴァシュヤンカリ、ヴァシュヤンカリ、ヴァシュヤンカリ、カーマデーヴァーヤ、スヴァーハー」

呪文《じゅもん》にともに鳩《はと》と蜜蜂《みつばち》の黒焼《くろやき》に蜜を和《わ》し、ベテルに混《ま》じ与《あた》うれば、象性《ぞうせい》の婦女《ふじょ》を御《ぎょ》し得《う》べし。

「オーム、ハラ、ハラ、パチャ、カーマデーヴァーヤ、スヴァーハー」

この呪文とともに、ガントハタガリーの根と聖果《せいか》を与《あた》うれば、螺貝性《つぶがいせい》の婦女《ふじょ》を御《ぎょ》し得《う》べし。

以上、聖なる『ラティラハスヤ』

第一品種姓篇　終

दूसरा अध्याय

कामसूत्र के सांप्रयोगिक, कन्यासंप्रयुक्तक, भार्याधिकारिक, पारदारिक एवं औपनिषदिक अधिकरणों के आधार ग्रहण करते हुये पण्डित पारिभद्र के पौत्र तथा पण्डित तेजोक के पुत्र आचार्य कोक्कोक द्वारा रचित यह ग्रन्थ ५५५ श्लोकों एवं १५ परिच्छेदों में निबद्ध है। आचार्य कोक्कोक ने इस ग्रन्थ की रचना किसी वैन्यदत्त के मनोविनोदार्थ की थी।

第2篇
快感

【快感（ナンディケーシュヴァラの説）】

1

鹿《しか》の眼もてる（婦女《ふじょ》たち）の身体の中に、愛神《カーマ》の位置を見ること白黒に分かれたる両月《りょうげつ》によって（次のごとし）。足の親指、足、くるぶし、ひざ、陰部《いんぶ》、へそ、胸、乳房《ちぶさ》、脇《わき》、首、頬《ほお》、唇《くちびる》、眼、額《ひたい》、頂《てっぺん》なり。左足より上下に行く。

（註）右足の親指よりはじめて頭にいたり、いわゆる足の親指等の十五の場所において、白分の初日よりないし満月まで愛神《カーマ》は上る。黒分においては初日よりはじめて、左の方に頂上より足の親指にいたり次第に下る。

2

頭においては髪をつかむべし。頬《ほお》と眼においては接吻《せっぷん》すべし。唇《くちびる》においては歯と唇《くちびる》をもっておすべし。頬《ほお》の部分においては、しばしば接吻《せっぷん》すべし。脇《わき》と頸部《けいぶ》においては、爪《つめ》をもって掻《か》くべし。乳房《ちぶさ》においてはかたくつかむべし。胸においては拳《こぶし》をもって打つべし。へそにおいてはゆるやかに掌《てのひら》にて触るべし。

3

陰部《いんぶ》においては、象鼻《ぞうはな》の戯《ぎ》をなすべし。婦女《ふじょ》は両膝《りょうひざ》、くるぶし、親指、足を幾度も自己のそれらをもって打つべし。かくのごとくして、月輪《げつりん》を生《しょう》ぜしむるところの、彼らは抱擁《ほうよう》して愛人《あいじん》を月光に触れたるごとく、冷光石《れいこうせき》の女とならしむべし。

4

ए（エー）字、ओ（オー）字、आ（ア）字、इ（イ）字、उ（ウ）字は、これ愛神《カーマ》の五条の矢なりといわる。これらをもって次第のごとく、胸と乳房《ちぶさ》と眼と頂《てっぺん》と陰部《いんぶ》が標《ひょう》せらる。これらの場所にともしたる輝く炎にも似たるかれらを見れば、婦女《ふじょ》の愛液《あいえき》の滴《しずく》は一層多く流るべし。

【ゴーニカープトラの説】

5

かくナンディケーシュヴァラの要約せし経典《けいてん》より、かにかくに真髄《しんずい》を説《と》けり。今やゴーニカープトラの広説《こうせつ》より要約して説《と》くべし。①頂《てっぺん》、②胸部《きょうぶ》、③④左右の手、⑤⑥左右の乳房《ちぶさ》、⑦⑧左右の腿《もも》、⑨へそ、⑩陰部《いんぶ》、⑪頬《ほお》、⑫腹部《ふくぶ》、⑬臀部《おしり》。

6

⑭脇《わき》、⑮後腰部《こうようぶ》、⑯腕《うで》において、愛神《カーマ》は黒月の初日よりはじめて下降《かこう》し、白月の始めより次第に頭に上り行く。婦女《ふじょ》のこれらの身体において、性愛《せいあい》に巧《たく》みなるものは、さかんなる光炎《こうえん》、火花《ひばな》の相《そう》を具《ぐ》する十六個の字母《じぼ》を思うべし。

7

第一日には男子は首をかたく抱擁《ほうよう》し、頭において接吻《せっぷん》し、舌端《ぜったん》をもって唇《くちびる》をおし、両頬《りょうほお》を接吻《せっぷん》し、毛髪《もうはつ》の竪立《じゅりつ》を起こさしめ、背脇と両脇にかすかなる爪痕《つめあと》をあたえ、やわらかなる爪《つめ》をもって臀部《おしり》の隆起《りゅうき》をおして、緩《ゆる》きシー声《あえぎごえ》をなす時は、若き婦女《ふじょ》をして快感《かいかん》の絶頂《ぜっちょう》に急《いそ》がしむ。

8

第二日には乳房をおする快感《かいかん》を主として、頬《ほお》の端《はし》を接吻《せっぷん》し、両眼と両の乳房《ちぶさ》を爪《つめ》の端《はし》にて後方にひき（すこしく掻《か》くこと）、唇《くちびる》を舐《な》め、爪《つめ》の端にて腕《うで》の根部《つけね》を震《ふる》わせ、かたく抱擁《ほうよう》をなさば、快感《かいかん》の終極《しゅうきょく》に急《いそ》がしむ。

9

第三日には、かたく抱擁《ほうよう》して毛髪《もうはつ》の竪立《じゅりつ》を起こさしめ、爪《つめ》をもってしばしば腕《うで》の根部《つけね》においてやわらかき掻痒《ようそう》を脇にあたえ、腕《うで》にて首をかたく抱き、歯の包容部《ほうようぶ》を味わい震わせ、乳房《ちぶさ》の端《はし》に爪痒《あいぶ》を与《あた》うる時は、婦女《ふじょ》をして快感《かいかん》の絶頂に趣《おもむ》かしむ。

10

第四日には、特に乳房《ちぶさ》が重くおせらるるごとく抱擁《ほうよう》し、ビンバの唇を噛《か》み、左の腿《もも》に爪痒《あいぶ》をあたえ、腕《うで》の根部《つけね》にしばしば爪痒《あいぶ》をあたえ、蓮華《れんげ》の眼もてる婦女《ふじょ》の身体に戯《たわむ》るる時は、愛液《あいえき》の流れ溢出《いっしゅつ》すべし。

11

第五日には左手にて髪をひき、唇《くちびる》を噛《か》み、乳房《ちぶさ》の隆起部《りゅうきぶ》にくすぐるごとき毛髪竪立《もうはつじゅりつ》の感をあたえ、戯《たわむ》れつつ乳房《ちぶさ》を接吻《せっぷん》すべし。第六日に身体が激しく錯乱《さくらん》するほどに唇《くちびる》を噛《か》み、へその面《おもて》に爪痒《あいぶ》をあたえ、爪《つめ》をもって腿《もも》の面《おもて》を掻くべし。

12

第七日にはヨーニ《女性器》をやわらかにし、歯の包容部《ほうようぶ》を舐《な》め、爪《つめ》をもって首の端《はし》、乳房《ちぶさ》、頬《ほお》を掻《か》き、かたき抱擁《ほうよう》をなし、性交《せいこう》をなさば、婦女《ふじょ》をして快適の境《きょう》に赴《おもむ》かしむ。

13

第八日には首を抱擁《ほうよう》し、しばしばへそを爪《つめ》もてくすぐり、唇《くちびる》を噛《か》み、毛髪竪立《もうはつじゅりつ》をあたえ、乳房《ちぶさ》の上よりおして接吻《せっぷん》すべし。第九日にはへその下部を掌《てのひら》に震《ふる》わせ、唇《くちびる》を噛《か》み、乳房《ちぶさ》をおし、脇を掻《か》きつつヨーニ《女性器》をやわらかならしむべし。

14

第十日において頬《ほお》を接吻《せっぷん》し、爪《つめ》も

て首を掻《か》きつつ、左手にて臀部《おしり》、乳房《ちぶさ》、腿《もも》、耳、背部を動揺せしむる時は、愛神《カーマ》を覚醒《かくせい》せしむべし。

15

第十一日には爪《つめ》にて首を掻《か》き、かたく抱擁《ほうよう》し、歯の包容部《ほうようぶ》をしばしば吸い、幾分額《ひたい》を舐《な》め、笑《え》みを含《ふく》みて幾度《いくど》となく胸を打ち、手指《しゅし》をヨーニ《女性器》の内側に動かす時は、婦女《ふじょ》をして快感《かいかん》に趣《おもむ》かしむ。

16

第十二日にはかたく抱擁《ほうよう》し、しばしば両頬《りょうほお》に接吻《せっぷん》し、眼を開《ひら》かしめ、「シー《あえ》」の叫び声《ぎごえ》をなし、唇《くちびる》を噛《か》むべし。第十三日には両頬《りょうほお》に接吻《せっぷん》し、「シー《あえ》」の叫び声《ぎごえ》とともに乳房《ちぶさ》をやわらかにし、爪《つめ》もて静かに首を傷《きず》つくる時は、すみやかに愛人《あいじん》をして快感《かいかん》に趣《おもむ》かしむ。

17

第十四日には眼に接吻《せっぷん》し、爪《つめ》もて腕《うで》の根部《つけね》をくすぐり、ヨーニ《女性器》象鼻《ぞうはな》の戯《ぎ》をなして、愛人《あいじん》の身に戯《たわむ》るべし。新月と満月の第十五日には、爪《つめ》を肩の部分の場所に舞《ま》わしめ、手はヨーニ《女性器》と乳房《ちぶさ》とに働《はたら》かしむる時は、婦女《ふじょ》をして快感《かいかん》に趣《おもむ》かしむ。

以上、聖なる『ラティラハスヤ』

第二品快感篇　終

तीसरा अध्याय

कामसूत्र के सांप्रयोगिक, कन्यासंप्रयुक्तक, भार्याधिकारिक, पारदारिक एवं औपनिषदिक अधिकरणों के आधार ग्रहण करते हुये पण्डित पारिभद्र के पौत्र तथा पण्डित तेजोक के पुत्र आचार्य कोक्कोक द्वारा रचित यह ग्रन्थ ५५५ श्लोकों एवं १५ परिच्छेदों में निबद्ध है। आचार्य कोक्कोक ने इस ग्रन्थ की रचना किसी वैन्यदत्त के मनोविनोदार्थ की थी।

第3篇
性交種類

【生殖器の種類】

1

その長さと広さの六指、九指、十二指なるにしたがって、生殖器《せいしょくき》は男子にありて兎族《うさぎぞく》と牡牛族《おうしぞく》と牡馬族《おうまぞく》、女子にありて牝鹿族《めじかぞく》と牝馬族《めうまぞく》と牝象族《めすぞうぞく》を分かつ。

【性交《せいこう》の種類】

2

牝鹿族《めじかぞく》と兎族《うさぎぞく》、牝馬族《めうまぞく》と牡牛族《おうしぞく》、牝象族《めすぞうぞく》と牡馬族《おうまぞく》、これらの性交《せいこう》を名づけて、三対の匹等性交《ひっとうせいこう》となす。

3

牝鹿族《めじかぞく》と牡牛族《おうしぞく》、牝馬族《めうまぞく》と牡馬族《おうまぞく》、これ二対の向上性交《こうじょうせいこう》にして、牝馬族《めうまぞく》と兎族《うさぎぞく》、牝象族《めすぞうぞく》と牡牛族《おうしぞく》、これ二対の向下性交《こうかせいこう》なり。

4

牝鹿族《めじかぞく》と牡馬族《おうまぞく》、牝象族《めすぞうぞく》と兎族《うさぎぞく》、これ二対の超向上《ちょうこうじょう》、および超向下性交《ちょうこうかせいこう》なり。生殖器《せいしょくき》の量の種類によって、かくのごとく九種類の性交《せいこう》あり。

5

匹等性交《ひっとうせいこう》はもっともすぐれ、二対の向上性交《こうじょうせいこう》および向下性交《こうかせいこう》はこれにつぎ、超向上《ちょうこうじょう》および超向下性交《ちょうこうかせいこう》はもっとも劣《おと》る。

6

婦女《ふじょ》は向下性交《こうかせいこう》において痒感《ようかん》の鎮静《ちんせい》ならしめられざると、リンガ《男性器》が内部を攪拌《かくはん》せざることのために、快感《かいかん》に趣《おもむ》かず、満足せず。

【性交《せいこう》の本質】

7

向上性交《こうじょうせいこう》にあっては、婦女《ふじょ》の生殖器《せいしょくき》の内部圧迫《あっぱく》せられ、心は痛苦《つうく》を感じ、心中の愛神《カーマ》は快感《かいかん》に趣《おもむ》かず、満足せず。

8

血液中に生《しょう》ずる微細《びさい》の虫は、内部柔軟《にゅうなん》にして強き力あり。ヨーニ《女性器》の内に力を極めて痒感《ようかん》を生ぜしむ。

9

かくてリンガ《男性器》の力強き衝撃《しょうげき》によって

痒感《ようかん》の除去《じょきょ》せらるるや、流注性《りゅうちゅうせい》の溢出液《いっしゅつえき》によって婦女《ふじょ》は快感《かいかん》を覚ゆ。

10

滲出性《しんしゅつせい》の液は、最初より少量の快感《かいかん》を与《あた》う。されど婦女《ふじょ》も男子のごとく、最後に液の溢出《いっしゅつ》にて喪神的《そうしんてき》の快感《かいかん》を覚ゆ。

（註）原典《げんてん》にこの一頌《いっしょう》の番号を更に「九」となす。今これを改む。ゆえに以下したがって順次に原典《げんてん》よりは繰り下ることとなる。

11

婦女《ふじょ》もし讒言《ざんげん》し、舞い、泣き、眼をなかば閉じて迷乱《めいらん》するにいたれば、その時、快感《かいかん》に到達せしなり。

【時間】

12

また男女の流注《りゅうちゅう》の出現にいたる時間に短、中、長あり。これによって量の場合のごとく、性交《せいこう》に九種類を分かつ。

【勢力】

13
男女の双方において勢力の度合《どあい》により、緩《かん》、中《ちゅう》、強《きょう》あり。強をよしとす。これによって性交《せいこう》に九種類を分かつ。

14
強勢《きょうせい》にして多くの瘡傷打撃《そうしょうだげき》に耐え、性交《せいこう》を好むは強《きょう》の表示にして、緩《かん》なるはこれに反す。

15
中なるは、これらが中位《ちゅうい》に現《げん》ず。

量《プラマーナ》と時《カーラ》と勢《プハーヴ》によって、かくのごとく二十七種類となるべし。

16
（量と時と勢の）三が匹等《ひっとう》なれば、性交《せいこう》もっともすぐれたり。一切の不等性交《ふとうせいこう》は獣態《じゅうたい》にして劣る。

17
ある場所において貶斥《へんせき》せらるるも、他においては、それは中位《ちゅうい》なるものなり。超向上性交《ちょうこうじょうせいこう》と超向下性交《ちょうこうかせいこう》も（また然り）。かくのごとく要約して説《と》けり。

上に説《と》ける牝鹿族《めじかぞく》等の種類、ヴァーツチャーヤナの規定せる様態《ようたい》は、今、本来の性質、種類にしたがって説《と》かれたり。

18

【牝鹿族《めじかぞく》】19〜22

斉正《せいせい》なる頭、うねる濃《こ》き髪、小さき腹部、豊かなる腰部《ようぶ》、小さき鼻孔《びこう》、開きたるうるわしきまつ毛ある眼、淡紅色《たんこうしょく》の唇《くちびる》と手足、柔《じゅう》にして、直《ちょく》なる蔓草《つるくさ》のごとき腕《うで》、豊満《ほうまん》なる頬《ほお》、首、過度に肉づかぬ腿《もも》と腰、斉正《せいせい》なる膝、酔象《すいぞう》の歩容《ほよう》、嫉《ねた》みもて乱され高まれる乳房《ちぶさ》、痩《や》せたる体、動きやすき心、身体やわらかに、怒ることまれに、性交《せいこう》を好み、食《しょく》少量にして、愛液《あいえき》に花の薫《かおり》あり。直《ちょく》なる指、ものうくうるわしき話しぶり、高まりたる六指の深さあるヨーニ《女性器》、直《ちょく》なる身体、愛情ある、これ牝鹿族《めじかぞく》の婦女《ふじょ》なり。

【牝馬族《めうまぞく》】23〜27

不斉正《ふせいせい》にして高まれる頭、あらく直《ちょく》にして濃き髪《かみ》、動く青蓮《しょうれん》の弁《べん》のごとき眼、粗大《そだい》にして両耳長き顔、粗大《そだい》なる歯ならび、広き唇《くちびる》、豊かに引き締《し》まりたる乳房《ちぶさ》、うるわしく肉づきたる腕《うで》、小さき腹、蓮花《れんげ》のごとくやわらかき手、広がれる胸部《きょうぶ》、嫉《ねた》みもて乱れ、どもりたるうるわしき話しぶり、深く窪《くぼ》みてまるきへそ、曲がれるうるわしき腰、斉正《せいせい》なる腿《もも》、豊かなる臀部《おしり》、低き腰、うるわしきものうげなる歩容《ほよう》、紅潮《こうちょう》せる斉正《せいせい》なる足、動きやすき心、やわらかなる身体、眠《ねむり》と食を好み、情人《じょうにん》に心を傾《かたむ》け、風質と胆汁質《たんじゅうしつ》に富み、愛液《あいえき》黄色にして肉臭《にくしゅう》を帯《お》び、迅速《じんそく》に愛神《カーマ》の矢を得る性質にして、九指（の深さ）あるヨーニ《女性器》なるは、牝馬族《めうまぞく》の婦女《ふじょ》なり。

【牝象族《めすぞうぞく》】28〜30

大なる額《ひたい》、頬《ほお》、耳、鼻孔《びこう》、短く肥《こ》え

たる一対の手、足、腕《うで》、腿《もも》、すこしく曲がり短く肥《こ》えたる首、あらわれたる歯の端、太き黒き髪、間断《かんだん》なき性交《せいこう》によって苦しみ、象のごとく深き喉音《こうおん》を有し、身体力あり。ひろく懸垂《けんすい》せる唇《くちびる》、過多《かた》の愛液《あいえき》、憤怒《ふんぬ》をもって眼赤く、愛液《あいえき》に象のマダの香《かおり》あり。おおむね罪悪《ざいあく》をかくし、多くの過失《かしつ》あり。鞭《むち》によって得《う》べく、ヨーニ《女性器》は十二指の深さあるは、これ牝象族《めすぞうぞく》の婦女《ふじょ》なり。

【兎族《うさぎぞく》】31〜32

潮紅《ちょうこう》せる大なる眼、小さく斉正《せいせい》なる歯、まるき顔、うるわしき装《よそお》い、すこしく潮紅《ちょうこう》せるうるわしき手、密着《みっちゃく》する指、うるわしき言語、性交《せいこう》の挙止動揺《きょしどうよう》しやすく、あまり長からぬやわらかき髪、首、膝、腿《もも》、手、腰、足はきわめて痩《や》せ、食少なく、性交《せいこう》に淡《あわ》く、浄《きよ》きを好み、富《と》みて、傲慢《ごうまん》に、愛液芳香《あいえきほうこう》あり。愛すべく、喜ばしげなる、これ兎族《うさぎぞく》の男子なり。

【牡牛族《おうしぞく》】33〜34

大なる秀《ひい》でし頭、広き顔、額太き首、肥《こ》えたる耳、肥《こ》えたる亀のごとき腹、長くそびえたる脇にかかれる腕《うで》、赤き手と唇《くちびる》、潮紅《ちょうこう》し凝視《ぎょうし》するまつ毛多き蓮弁《れんべん》のごとき眼、薩埵《さった》の性、うるわしき獅子《しし》の歩容《ほよう》、柔和《にゅうわ》なる語、苦痛に耐え、施《ほどこし》を好み、眠《ねむり》を好み、恥《はじ》を離れ、燃ゆる火の性にして、胆汁質《たんじゅうしつ》、性交《せいこう》の中間と最後に、はなはだしく身に快感《かいかん》を覚え、きわめて肥満し、一切の婦女《ふじょ》に愛せられ、九指の長さのリンガ《男性器》を有するは、これ牡牛族《おうしぞく》の男子なり。

【牡馬族《おうまぞく》】35〜36

顔、耳、首、唇《くちびる》、歯きわめて長く、しこうして痩《や》せ、肥えたる脇部《きょうぶ》、肉づける腕《うで》、粗《あら》き直《ちょく》なる髪、嫉妬《しっと》深く、曲がりたる足と膝、うるわしき爪、長き指のならび、長く大にして動く眼、熟眠《じゅくみん》し、透徹《とうてつ》せるうるわしき声、迅速《じんそく》なる歩容《ほよう》、肥えたる腿《もも》、熱火《ねっか》のごとく婦女《ふじょ》と性交《せいこう》し、浄《きよ》き言語、レータスとアストヒの素（精液《せいえき》）輝き、渇愛《かつあい》あり、新出《しんしゅつ》の黄色なる（あるいは多くの）腐臭《ふしゅう》ある愛液《あいえき》ほとばしり、胸部斉正《きょうぶせいせい》に、リンガ《男性器》十二指の長さあるは、牡馬族《おうまぞく》の男子なり。

37

すでに生殖器《せいしょくき》の量を説《と》けるがゆえに、兎《うさぎ》、鹿《しか》等の種族に優劣《ゆうれつ》差別あることより、欠点《けってん》もまた知るべきなり。

38

これによって賢者はすでに説《と》かれ、今説《と》き、まさに説《と》かるべき諸相《しょそう》なる組み合わせにおけるその相《そう》をも、おそらくは示し得《う》べし。

以上聖なる『ラティラハスヤ』

第三品性交種類篇　終

चौथा अध्याय

कामसूत्र के सांप्रयोगिक, कन्यासंप्रयुक्तक, भार्याधिकारिक, पारदारिक एवं औपनिषदिक अधिकरणों के आधार ग्रहण करते हुये पण्डित पारिभद्र के पौत्र तथा पण्डित तेजोक के पुत्र आचार्य कोक्कोक द्वारा रचित यह ग्रन्थ ५५५ श्लोकों एवं १५ परिच्छेदों में निबद्ध है। आचार्य कोक्कोक ने इस ग्रन्थ की रचना किसी वैन्यदत्त के मनोविनोदार्थ की थी।

第 4 篇

総説

【年齢による婦女《ふじょ》の分類】

1

婦女《ふじょ》十六歳までこれを幼齢《バーラー》という。それより以上、三十歳までこれを壮齢《タルニー》といい、それより以上五十五歳までこれを熱齢《プラウドハー》という。これを過《す》ぐれば、これを老齢《ヴリットハー》という。長身にして色黒く、痩《や》せ、久しく空閨《くうけい》に処《しょ》し、腋窩《えきか》深きはこれを弱質《シュラトハー》という。身体粗大《そだい》にして白く、短躯《たんく》にして、常に性交《せいこう》に専注《せんちゅう》し、腋窩《えきか》浅きはこれを強質《グハナー》という。

2

前述の標相《ひょうそう》にしたがい、中間の性状《せいじょう》あり得《う》べし。かれらについて、この自性は知らる。幼齢《ようれい》にして強質《きょうしつ》なるものは外部性交《せいこう》に適し、熱齢《じゅくれい》にして弱質《じゃくしつ》なるは内部性交《せいこう》を欲《ほっ》す。

3

(経典《けいてん》)『グナ・バターカー』の中に各状態に対する行事を説《と》けり。正理《せいり》の智識《ちしき》を成就《じょうじゅ》するがゆえに、われらはこれを次に挙《あ》ぐべし。

4

幼齢《バーラー》はベテル、花鬘《はなかずら》、果実、（その）味、滋味《じみ》なる食物、長上《ちょうじょう》の指令《しれい》をもって心を得《う》べし。青春にある壮齢《タルニー》は、装飾、瓔珞《ようらく》等の提供《ていきょう》をもって接すべし。熱齢《プラウドハー》は中年にして性愛《せいあい》を貪《むさぼ》るがゆえに、深厚《しんこう》なる正式の性交《せいこう》によって喜ばさる。老齢《ヴリットハー》は気の張らぬ対話尊敬によって大いに喜ばしめらる。

（註）この一頌《いっしょう》異本あり。次のごとし。

「幼齢《バーラー》なるかれはベテル、果実等の施与《せよ》、滋味《じみ》なる食物等の提供、種々奇怪の物語、巧妙《こうみょう》なる技術によって歓心《かんしん》を得《う》べく、壮齢《タルニー》は美なる装飾の施与《せよ》によって、熱齢《プラウドハー》は深厚なる性交の戯《ぎ》によって、老齢《ヴリットハー》は愛語と尊敬の充足をもって得らるべし」。

【三種の性質】

5

骨、関節深くして、言語温柔《おんじゅう》に、うるわしきこと蓮華《れんげ》のごときは粘液質《ねんえきしつ》なり。骨、関節分明《ぶんめい》にして、身体温暖なるは熱質《ねっしつ》なり。身体乾燥《かんそう》し、あるいは冷、あるいは暖、多言《たげん》なるは風質なり。粘液質《ねんえきしつ》もまた新しき乳酪《にゅうらく》の温暖あり。（熱質《ねっしつ》に比して）やや冷《ひや》やかなる身体を有す。熱質《ねっしつ》なるもまた尚《とうと》ぶべし。

6

（この三つの性質について）序のごとく、時、勢の限度に短、軽、長あり。ヨーニ《女性器》は湿潤《しつじゅん》、温暖、緊縮《きんしゅく》なり。性交《せいこう》においての情欲《じょうよく》は常なると、冷時《れいじ》、寒時《かんじ》なると、冷時《れいじ》、雨時、春時なるとにしたがって示さる。

7

（経典《けいてん》）『グナ・パターカー』の中に、さらに本質について説《と》くところあり。その認識、成就《じょうじゅ》もまたある点まで、さらに明らかにこれを説《と》くべし。

【粘液質《ねんえきしつ》】

8

爪《つめ》、眼、歯うるわしく、煩悶《はんもん》なく、心高貴《こうき》にして、友情に富み、身体は触《ふ》るるに冷《ひや》やかに、好美《こうび》なるヨーニ《女性器》

を有する婦女《ふじょ》は、これ粘液質《ねんえきしつ》なり。

【熱質《ねっしつ》】

9
熱質《ねっしつ》なるは本性好美《こうび》にして、中位《ちゅうい》なるものと知れ。彼女は色白く、乳房《ちぶさ》肥《こ》え、爪、眼、潮紅《ちょうこう》せり。

10
悪臭《あくしゅう》あり。汗し、たちまち怒り、たちまちなごみ、性交《せいこう》に淡《あわ》くして熱情なく、ヨーニ《女性器》は熱ありて解けゆるめり。

【風質】

11
風質の婦女《ふじょ》は智慧《ちえ》あり。巧妙《こうみょう》にして、性交《せいこう》において決定して柔軟性《じゅうなんせい》を有し、粗暴《そぼう》にして、動転《どうてん》し、多言《たげん》なり。

【雑質《ざっしつ》】

12〜13
すこしく焦《こ》げたる木のごとく灰色《はいいろ》にして、多く食い、身体硬《かた》く、尖端《せんたん》裂《さ》けたる粗《あら》き髪、性交難《せいこうかた》く、爪《つめ》、眼黒く、牛の舌のごとき触感《しょっかん》あり。ヨーニ《女性器》

硬《かた》きは下等の婦女《ふじょ》なり。雑種性《ざっしゅせい》のゆえに雑質《ざっしつ》なりと知れ。

14 【ヤクシャ性】

芳香《ほうこう》ある浄《きよ》き身体、清《きよ》き澄《す》める顔、多くの富める人々に交《まじ》わり、愛情あるは天界《てんかい》の性格にして、長上《ちょうじょう》に対し恥《は》じず、花園《はなぞの》、水辺、海辺、山辺に性交成就《せいこうじょうじゅ》を喜び、怒りやすきはこれヤクシャの性格なり。

15 【龍性《りゅうせい》】

心、正直にして賓客《ひんきゃく》に施与《せよ》を好み、断食《だんじき》によって苦しめられざるは、これ明らかに人界《じんかい》の性格なり。多く溜息《ためいき》し、あくびし、遊行《ゆうこう》を好み、常に眠り、混乱せるは、これ龍《りゅう》の性格なり。

16 【乾闥婆性《けんだつばせい》】

憤怒《ふんぬ》せず、輝く衣服、花鬘《はなかずら》、香烟《こういん》等

に嗜好《しこう》を有し、歌詠《かえい》、遊戯《ゆうぎ》に堪能《たんのう》に、性交《せいこう》の技術に熟達せる、これを乾闥婆《けんだつば》の性格となす。

17 【鴉性《からすせい》】

下卑《げび》にして多食、身体はなはだ熟し、酒肉《しゅにく》等を食するは、これ畢舎遮《びしゃしゃ》の性格なり。眼、時々動転《どうてん》し、多食にして、恐怖多きもの、これ鴉《からす》の性格なり。

18 【ロバ性】

眼、動転《どうてん》し、爪歯、武器のごとく生え、猿猴《えんこう》の本性にして、心定まらず、言語の排置《はいち》、不快を覚えしめ、情人《じょうにん》の打撃《だげき》を喜ぶ婦女《ふじょ》は、これロバの性格なり。

19

種姓《すじょう》（鹿族《しかぞく》等）、状態（幼齢《パーラー》等）、本性《ほんしょう》（粘液質《ねんえきしつ》等）、性格について語られたる中に、本性《ほんしょう》はもっとも重要なりと知らるべきなり。我らの語を要約《ようやく》によって知れ。

20

黒身《くろみ》にして粘液質《ねんえきしつ》、牝馬族《めうまぞく》もしくは牝鹿族《めじかぞく》、乾闥婆《けんだつば》、ヤクシャ、人天《じんてん》の性格にもとづき、幼齢《ようれい》なる、若き装《よそお》いせる、かのうるわしき婦女《ふじょ》こそ、世の人の中に最第一《さいだいいち》の秘蔵物《ひぞうぶつ》なれ。

21

種姓《すじょう》、性格、年齢、量の中に、婦女《ふじょ》の本性（粘液質《ねんえきしつ》等）は第一なりと説《と》かる。かくのごとくカルニー・スタ等の作者の規定《きてい》せし、かれら行事は説《と》かれたり。

【婦女破滅《ふじょはめつ》の原因】

22

独立なること、父の家にありて住《じゅう》すること、祭《まつり》の行列に参加すること、集会中に衆人《しゅうじん》の前に節制《せっせい》なきこと、または他国に住《じゅう》すること、娼婦《しょうふ》としばしば会合《かいごう》すること、生活の扶持《ふち》の損害、夫の老齢《ろうれい》、嫉妬《しっと》、旅行は婦女《ふじょ》の破滅《はめつ》のもとなり。

23

貧窮《ひんきゅう》、忍耐性《にんたいせい》なきこと、汚穢《おわい》なること、憫察《びんさつ》すべき時を知らざること、不親切、残忍、夫に対して装飾《そうしょく》を着けざること、過失を疑うこと、過度《かど》の努力、別離《べつり》、頑固《がんこ》は決定して婦女《ふじょ》の身を歓楽《かんらく》よりきわめて遠離《えんり》せしむ。

24

別離《べつり》せる婦女《ふじょ》は彼を見ず、彼を喜ばず、朋友《ほうゆう》に反しており、会合の席に列せず、独居を喜び、接吻《せっぷん》せられて口を浄《きよ》め、かくて尊敬を欲《ほっ》せず、嫉《ねた》み、答語《とうご》をあたえず、接触《せっしょく》を恐れ、臥床《がしょう》のそばに眠る。

【性交通則《せいこうつうそく》】

25

（経典《けいてん》）『グナ・パターカー』の中に説《と》かれたる欲楽《よくらく》、未生己生《みしょうきしょう》の性愛《せいあい》の相、これを通則《つうそく》と称《しょう》す。

26

唇《くちびる》の尖端《せんたん》は震《ふる》い、眼は噴泉《ふんせん》のあなにおける魚のごとくに動き、花を編み入れたる髪は乱れ、また結ばれ、覆《おお》われたる乳房《ちぶさ》は露《あら》われ、腰部《ようぶ》は露《あらわ》われ、きわめてかたくまといし下衣《したごろも》も落ち去る。これ婦女《ふじょ》の愛の標幟《ひょうじ》なり。

27

情人《じょうにん》の幸福、容貌《ようぼう》、笑い、性質に染着《せんじゃく》し、讃美《さんび》するを楽となし、不在の時すらも親族、友人の顔にかつてあたえられし満足を感ずるは、これ愛の標幟《ひょうじ》なり。

28

旅に身体疲《つか》れたること、新しき熱あること、舞踊《ぶよう》に身体緩《ゆる》みたること、子を産みて一か月の後、受胎後《じゅたいご》の六か月は性交《せいこう》において楽を与《あた》う。別離《べつり》の後の交会《こうかい》、怒りの鎮静《ちんせい》、季節の沐浴《もくよく》、新しき交会《こうかい》、酒に酔いし時、こは婦女《ふじょ》の熱情の家と称《しょう》せらる。

(註) 季節の沐浴《もくよく》とは月経《げっけい》なり。

29

婦女《ふじょ》にありては、第一回の性交《せいこう》はその美感《びかん》少なし。幾分長時《いくぶんちょうじ》をへて満足に達す。第二回において快感《かいかん》さらに加わり、短時《たんじ》にして満足に達す。男子にありてはこの次第転反《てんはん》す。

以上聖なる『ラティラハスヤ』
第四品総説篇　終

पांचवां अध्याय

कामसूत्र के सांप्रयोगिक, कन्यासंप्रयुक्तक, भार्याधिकारिक, पारदारिक एवं औपनिषदिक अधिकरणों के आधार ग्रहण करते हुये पण्डित पारिभद्र के पौत्र तथा पण्डित तेजोक के पुत्र आचार्य कोक्कोक द्वारा रचित यह ग्रन्थ ५५५ श्लोकों एवं १५ परिच्छेदों में निबद्ध है। आचार्य कोक्कोक ने इस ग्रन्थ की रचना किसी वैन्यदत्त के मनोविनोदार्थ की थी।

第5篇 方処智識

【通則《つうそく》の続き】

1

総《そう》じて婦女の満足より前に、男子は快感《かいかん》の終極《しゅうきょく》に達す。されどこれを知って、婦女《ふじょ》が前に快感《かいかん》の終極《しゅうきょく》に達するように処置すべきなり。

2

場所、時節《じせつ》、性質《せいしつ》を観察《かんさつ》し、外部《がいぶ》性交《せいこう》によって幾度《いくど》も試《こころ》むべし。弱質《じゃくしつ》の幼齢《ようれい》は強質《きょうしつ》、熱愛性《ねつあいせい》となり、すみやかに快感《かいかん》に趣《おもむ》き満足すべし。

3

近づきがたき河川、森林、洞窟《どうくつ》、もしくは山岳においては（男子の）心の傾向は動揺《どうよう》す。はじめ弱歩《じゃくほ》をもってしても不断《ふだん》の強き性質を得《う》べし。性交《せいこう》において弱くとも長時《ちょうじ》に楽しみ得《う》べし。

4

樹々《きぎ》の枝に行く動転《どうてん》せる猿猴《えんこう》を思い、リンガ《男性器》の面辺《めんへん》に果実の種子をほどこせば、男子は決してもらすことなし。

【興味の三種】

5

狩猟《しゅりょう》、技術、舞踊《ぶよう》において、習熟《しゅうじゅく》にしたがい、興味は増加す。弦楽《げんがく》の音《おと》等の対象によって、古聖《こせい》はその興味を熟練性興味《じゅくれいせいきょうみ》と称《しょう》す。

6

反復《はんぷく》によらず、対象によらず、意作《いさく》のみにて生《しょう》ずるものを、想像性興味という。例えば羸弱者《るいじゃくしゃ》、婦女《ふじょ》両性者の抱擁《ほうよう》、接吻《せっぷん》等においていわるるがごとし。

7

どこか他《ほか》に類似《るいじ》するより、一致《いっち》の興味を古聖《こせい》は語る。これ対象を主として生《しょう》じ、対象性興味と称《しょう》せらる。

（註）以上の七頌《ななしょう》は、第四品総説篇の連続と見るべきものなり。この品の関係するところは、次の第八頌以下なりと知るべし。

8

種族、状態等によってなされたる区別《くべつ》にして、自性に適《てき》するものは説《と》かれたり。方処《ほうしょ》に適当なるものは、明らかに説《と》かるるがゆえに、これを熟慮《じゅくりょ》して性交《せいこう》をなすべきなり。

【地方種別】

9

中部地方に生まれたる婦女《ふじょ》は、風習清潔《せいけつ》にして、爪傷《つめきず》、歯咬《はがみ》、接吻《せっぷん》を喜ばず。アヴァンティ、バーリーカ地方の婦女《ふじょ》もまたかくのごとし。されど、雑種性交《ざっしゅせいこう》を好む。

10

アーブヒーラに生まれたる婦女《ふじょ》は抱擁《ほうよう》を好み、爪傷《つめきず》、歯咬《はがみ》の行事を好まず。打撃《だげき》によって喜ばされ、接吻《せっぷん》によってその心を得《う》べし。マーラヴァの婦女《ふじょ》もまたかくのごとし。

11

アイラーヴァティー、シンドフ、シャタドルの河畔、ヴィバシュ河とヴィタスター河の中間流域、さてはチャンドラブハーガーの河岸に生まれたる婦女《ふじょ》は、口唇性交《こうしんせいこう》にあらざれば満足せしむること難《かた》し。

12

グールジャラの婦女《ふじょ》はうるわしき髪を有し、身痩《や》せ、肥《こ》えたる乳房《ちぶさ》あり、うるわしき眼あり、言語愛すべく、内外性交《せいこう》を好み、粗暴《そぼう》ならず、愛情をもって著《あら》わる。

（註）異本《いほん》、この一頌《いっしょう》の前に次の一頌《いっしょう》あり。されどこの二頌《にしょう》を比較するに、ほぼ同義にして大差なし。この二頌《にしょう》のいずれか一が原型にして、他は後人の加工せしものなるべし。

「この地上にグールジャラの婦女《ふじょ》は、美にして愛を含み、言語愛すべく、技芸の貯蔵《ちょぞう》において通達し、髪《かみ》うるわしく、身痩《や》せてやわらかく、楽しき顫動《せんどう》を起こし、自らの愛情において著《あら》わる」

13

ラータ地方の婦女《ふじょ》は緩《ゆる》き打撃《だげき》、爪歯《つめは》の行事をもってきわめて満足せしめられ、抱擁《ほうよう》を好み、勢《いきお》いはげしく、身体優しく、性交《せいこう》において踊躍《ようやく》す。

14

アンドフラ地方の婦女《ふじょ》は、世の限界を超え、風習に従《したが》わず。欲情《よくじょう》に乱され、牝馬式性交《めうましきせいこう》を行なう。

15 ストリーラージュヤおよびコーシャラに生まるる婦女《ふじょ》は、そのヨーニ《女性器》強烈なる痒感《ようかん》を有し、人為的《じんいてき》のリンガ《男性器》にて摩擦《まさつ》せられて快感《かいかん》に趣《おもむ》き、強き打撃《だげき》をもって喜ばさる。

16 マハーラーシュトラ地方の婦女《ふじょ》は、言語野卑《やひ》にして恥《はじ》を知らず、性交《せいこう》において六十四種の技術を好む。パータリプトラ地方のもの、また独居《どっきょ》する時かくのごとし。

17 ドラヴィダ地方の婦女《ふじょ》は、外部性交《がいぶせいこう》（接吻《せっぷん》、抱擁《ほうよう》等）によって内外より一層促進《いっそうそくしん》せられて、漸次《ぜんじ》に快感《かいかん》に趣《おもむ》き、多くの愛液《あいえき》あり。最初の性交《せいこう》においても快感《かいかん》を覚ゆ。

18 ヴァナ・ヴァーサ（森林住処《しんりんじゅうしょ》）地方の婦女《ふじょ》は、自己の身体の欠点《けってん》をかくして他の身体の欠点《けってん》を嘲笑《ちょうしょう》し、すべての性交《せいこう》に堪《た》え、勢力中庸《ちゅうよう》なり。

19

ガウダ地方とヴァンガ地方の婦女《ふじょ》は身体柔軟《にゅうなん》にして細く、名称愛すべく、抱擁《ほうよう》、接吻《せっぷん》を好み、勢力弱く、行持《ぎょうじ》堅固《けんご》にして性交《せいこう》を嫌《きら》えり。

20

カールーパ地方の婦女《ふじょ》は、ネムの花のごとくやわらかに、多く快感《かいかん》を覚え、性交《せいこう》に際し、手に触れてすらも快感《かいかん》に趣《おもむ》き、性交《せいこう》に熱心に、言語愛すべし。

21

ウトカラ地方の婦女《ふじょ》は、激しき情感《じょうかん》を有す。歯咬《はがみ》、打撃《だげき》、爪傷《つめきず》を愛し、ことに口唇性交《こうしんせいこう》を好む。かくのごとくカリンガ生まれの婦女《ふじょ》もまた然り。

（註）この一頌《いっしょう》、ある一本には欠けたり。次のものと大同なり。

22

ウトカラの婦女《ふじょ》は種々の爪痕《つめあと》、十分なる手の打撃《だげき》、種々の口唇性交《こうしんせいこう》をもって起こされたる。最上の喜びなる羞恥《しゅうち》を離れたる、はなはだ激《はげ》しき情熱《じょうねつ》ありと愛神《カーマ》は語る。

（註）この次にシュミットは次の二頌《にしょう》を挿入《そうにゅう》す。彼にしたがえば、この二頌《にしょう》はただインディア・オフィスの所蔵《しょぞう》の原典《げんてん》にのみ存すという。

「アンドフラの婦女《ふじょ》は愛戯《あいぎ》の多種類に巧《たく》みに、チョーラの婦女《ふじょ》は清潔《せいけつ》なり。カルナークの婦女《ふじょ》は性交《せいこう》の応対《おうたい》に巧《たく》みに、ラータの婦女《ふじょ》は燃ゆる愛情あり。

　マーラヴァの婦女《ふじょ》は残忍《ざんにん》にして、マハーラーシュトラの婦女《ふじょ》は常に愛戯《あいぎ》に巧《たく》みなり。スラーシュトラの婦女《ふじょ》は牝鹿《めじか》の眼を有し、グールジャラの婦女《ふじょ》は言語よく、快感を愛す」。

23

以上、おおよそ聖者は地方個々の習俗《しゅうぞく》を語れり。かくてこは異なる地方の婦女《ふじょ》にも配置《はいち》せらるべきなり。この智識《ちしき》を追《お》いて、自己の習俗中《しゅうぞくちゅう》に本来の習俗《しゅうぞく》を認め、それが地方の習俗《しゅうぞく》よりも強かるべきようになすべきなり。

24

かくのごとく略《りゃく》して婦女《ふじょ》の地方習俗《しゅうぞく》は語られ示されたり。さればいまだ語られざる地方においても、その指数《しすう》は導《しるべ》をなすべし。本来の習俗《しゅうぞく》といえども、自己の智識《ちしき》によってこれを変《へん》ずべし。けだし、この両者の中に本来のものは強《つよ》しと知れ。

25

以上、量、時、勢力《せいりょく》、自性、地方本来の習俗《しゅうぞく》をはじめ、自らの状態、性状を知りて外部《がいぶ》、内部《ないぶ》の性交《せいこう》をなすべし。

26

はじめに外部性交《がいぶせいこう》を説《と》くべし。そはまた抱擁《ほうよう》をもって始《はじ》むべし。已知《いち》未知《みち》の愛戯《あいぎ》の種類より、そはまた二種に分かれ、しこうして十二種となる。

以上聖なるコッコーカ作
『ラティラハスヤ』
第五品方処智識種類篇　終

छठा अध्याय

कामसूत्र के सांप्रयोगिक, कन्यासंप्रयुक्तक, भार्याधिकारिक, पारदारिक एवं औपनिषदिक अधिकरणों के आधार ग्रहण करते हुये पण्डित पारिभद्र के पौत्र तथा पण्डित तेजोक के पुत्र आचार्य कोक्कोक द्वारा रचित यह ग्रन्थ ५५५ श्लोकों एवं १५ परिच्छेदों में निबद्ध है। आचार्य कोक्कोक ने इस ग्रन्थ की रचना किसी वैन्यदत्त के मनोविनोदार्थ की थी।

第6篇
抱擁

【抱擁の種々】

1

もし男子歩みつつ対向《たいこう》し来たれる婦女《ふじょ》に対し、他の事に仮託《かたく》して、体をもって体に結合《けつごう》せしむる時、古聖《こせい》はこれを接触抱擁《せっしょくほうよう》という。

2

もし婦女《ふじょ》何物かを執《と》りつつ、他人の眼を欺《あざむ》き、あるいは立てる、あるいは坐《ざ》せる男子を、両の乳房《ちぶさ》もて貫通《かんつう》せんばかりにおし、しこうして（男子は）彼女をかたくとる時、古聖《こせい》はこれを貫通抱擁《かんつうほうよう》という。

3

祭《まつり》の行列などにおいて、もしくは暗《くら》まぎれ、若干の期間、（男女の）身体の接触する、これを摩擦抱擁《まさつほうよう》という。またこれが壁《かべ》に対して圧迫《あっぱく》せらるるは、圧迫抱擁《あっぱくほうよう》なり。

4

抱擁《ほうよう》の動作には、いまだ相愛《あいあい》せざる男女の愛を生《しょう》ぜしめんため、以上の四種あり。またすでに相愛《あいあい》せる男女の愛を増さんがために、次の八種ありと古聖《こせい》は説《と》けり。

5

婦女《ふじょ》ゆるやかなるシー声《あえぎごえ》をなしつつ乱れし蔓草《つるくさ》の木に対する態を擬《ぎ》し、愛人《あいじん》にまといつき、愛戯《あいぎ》の叫び声をなして、その顔に接吻《せっぷん》せんために身体を曲げて振り向く。これ纏蔓抱擁《てんまんほうよう》なり。

6〜7

婦女疲《ふじょつか》れ溜息《ためいき》しつつ、一足を愛人《あいじん》の足の上におき、他の足をもって彼の腿《もも》を支え、しこうして自らの一腕《うで》を彼の背部におき、また他の腕《うで》をもって彼の肩を抱く。立てる愛人《あいじん》に関して、この二種の抱擁《ほうよう》は説《と》かれたり。後ただちに偃臥《えんが》（状態）の抱擁《ほうよう》の種類は説《と》かるべし。婦女接吻《ふじょせっぷん》のために、樹のごとく愛人《あいじん》によじ登らんと欲する。これ攀樹抱擁《はんじゅほうよう》なり。

8

男女しばしばかたき抱擁《ほうよう》をなし、腿《もも》と腕《うで》とを交錯《こうさく》し、相互《そうご》身体を動かすことなく結合《けつごう》する。これを古聖《こせい》は米麻抱擁《ほうよう》と称《しょう》す。

9

男女相対《あいたい》して臥床《がしょう》の上に坐《ざ》し、男子は婦女《ふじょ》の体において、うるわしきかたき抱擁《ほうよう》をなし、しこうして相互《そうご》に、はげしき熱情のために衷心《ちゅうしん》しつつ、相互の体中に融入《ゆうにゅう》するごとき、これを古聖《こせい》は乳水抱擁《にゅうすいほうよう》と称《しょう》す。

10

愛神《カーマ》の矢を準備せる夫、自己の両腿《りょうもも》にて愛のために動揺せられたる妻の両腿《りょうもも》を咬《か》むごとくに、力強く圧迫《あっぱく》する。これ古聖の両腿抱擁《りょうももほうよう》と称《しょう》するものなり。

11

もし婦女《ふじょ》、髪、上衣《うわぎ》を乱し、男子の後方より歩みてヨーニ《女性器》をその臀部《おしり》につけ、歯咬咬傷《はがみこうしょう》もしくは接吻《せっぷん》をなさんとする時、これを古聖《こせい》は陰処抱擁《いんしょほうよう》と称《しょう》す。

12

婦女《ふじょ》もし情人《じょうにん》の胸に上より覆いかかり、乳房《ちぶさ》の重さを（その上に）おく時、これを乳房抱擁《ちぶさほうよう》という。顔に顔、眼に眼をおき、額の面には額を打つとき、これを額部《がくぶ》抱擁《ほうよう》という。

以上コッコーカ作
『ラティラハスヤ』
第六品抱擁篇　終

सातवाँ अध्याय

कामसूत्र के सांप्रयोगिक, कन्यासंप्रयुक्तक, भार्याधिकारिक, पारदारिक एवं औपनिषदिक अधिकरणों के आधार ग्रहण करते हुये पण्डित पारिभद्र के पौत्र तथा पण्डित तेजोक के पुत्र आचार्य कोक्कोक द्वारा रचित यह ग्रन्थ ५५५ श्लोकों एवं १५ परिच्छेदों में निबद्ध है। आचार्य कोक्कोक ने इस ग्रन्थ की रचना किसी वैन्यदत्त के मनोविनोदार्थ की थी।

第7篇
接吻

【接吻《せっぷん》の場所】

1

眼、首、頬《ほお》、唇《くちびる》、口腔《こうこう》、乳房《ちぶさ》、額《ひたい》、これを接吻《せっぷん》の箇所となす。ラータ地方のものにはヨーニ《女性器》、へその下部、両腋《りょうわき》下に接吻《せっぷん》するを好み、これを適当なる箇所となす風習あり。

【接吻《せっぷん》の種々】

2

婦女《ふじょ》強いて愛人《あいじん》の口に対して、口を置かしめられ、上に向かえる顔の位置をもって止まる時、これを強因接吻《ニミタカム》と称《しょう》す。口中《こうちゅう》に入れたる唇《くちびる》を捉えんとして顫動《せんどう》しつつ、しかも男子の（両唇を）捉えざる、これを頬動接吻《スプフリタム》と称《しょう》す。

3

自己の口中《こうちゅう》に入れられたる情人《じょうにん》の唇を自己の両唇をもってやわらかに捉え、自己の手をもって情人《じょうにん》の眼をおおいながら、すこしく舌をもってこれを突《つ》く。これを打衝接吻《グハツテイタム》と称《しょう》す。

以上の三種は、これ処女《しょじょ》に対する行

事なり。

4

男子後方に立ちて、婦女《ふじょ》の顎《あご》の部分をすこしく回転せしめ、両手もて口を捉え、彼らは互いに接吻《せっぷん》する。これを回転接吻《ブフラーティタム》という。男子が屈曲《くっきょく》をなさしむるより、屈曲《ティルヤック》（接吻）の名あり。

5

この二種は圧迫して捉《とら》うるがゆえに圧迫《ピーディタム》（接吻）という。また二指をもって（婦女《ふじょ》の唇《くちびる》を）引きて舌端にておして接吻《せっぷん》するを離間接吻《ヴィグハティタム》といい、歓楽を生《しょう》ずる婦女《ふじょ》の下唇《したくちびる》をおする時、無咬《アラダ》（接吻《せっぷん》）といい、情人《じょうにん》が上唇《うわくちびる》を咬《か》む時、上唇《うわくちびる》（接吻《せっぷん》）という。

（註）この一節カーンチーナータの註にしたがう。

6

もしひげなき男子、婦女《ふじょ》の情人《じょうにん》に捉えられたるやわらかき唇腔を唇腔もて（接吻《せっぷん》）する時は、腔内接吻《サンプタム》という。婦女《ふじょ》反対になすときまた然り。こは舌戦戯《ケーリジフヴーラナ》によるときは随口接吻《アヌヴダナム》という。

7

柔軟《ムリドウ》、直正《サマ》、圧迫《アヴビーダ》、および屈曲《アンチタ》は、これ他の説《と》かれたる事項の中に随意《アヌヴルドヒタム》（接吻）という。

8

もし情人《じょうにん》夜おそく会して先に眠りたる、（もしくは）眠りをよそおえる愛人《あいじん》をひそかに接吻《せっぷん》する。これを驚覚接吻《プラテイボードハム》と称《しょう》す。これに二種の影像接吻《チュハーイカム》と名づくる異類《いるい》あり。

9

生起《せいき》せし欲情《よくじょう》を示すために、鏡などに対して男女の映れる像に接吻《せっぷん》するあり。もしくは映れる稚児《ちご》、絵画に接吻《せっぷん》するあり。この二つは愛情を示すものにして、移動《サンクラーンタム》（接吻）という。このごとき抱擁《ほうよう》もありと知るべし。

以上聖コッコーカ作

『ラティラハスヤ』

第七品接吻篇　終

आठवाँ अध्याय

कामसूत्र के सांप्रयोगिक, कन्यासंप्रयुक्तक, भार्याधिकारिक, पारदारिक एवं औपनिषदिक अधिकरणों के आधार ग्रहण करते हुये पण्डित पारिभद्र के पौत्र तथा पण्डित तेजोक के पुत्र आचार्य कोक्कोक द्वारा रचित यह ग्रन्थ ५५५ श्लोकों एवं १५ परिच्छेदों में निबद्ध है। आचार्य कोक्कोक ने इस ग्रन्थ की रचना किसी वैन्यदत्त के मनोविनोदार्थ की थी।

第8篇
爪 搔

【爪傷《つめきず》の場合】

1

肩、腿《もも》、腰部《ようぶ》および臀部《おしり》、乳房《ちぶさ》、脇《わき》、背部《はいぶ》、胸、首において性交《せいこう》に勢いを増したる男女は爪掻《つめがき》をなす。他の場合にても新しき交会《こうかい》、あらそいの終われる時、月経《げっけい》後、酩酊《めいてい》の時、別離《べつり》の時には男女はこれをなす。

2

こは適宜《てきぎ》に省《はぶ》くべし。歯咬《はがみ》の法則また然《しか》り。熱情《ねつじょう》ある男女の爪《つめ》は、尖端《せんたん》新鮮《しんせん》にして大なるべし。生長《せいちょう》せること、垢《あか》なきこと、やわらかなること、輝けること、筋《すじ》なきこと、砕《くだ》けてあらざること、これ爪《つめ》の（よき）性質なり。

【爪傷《つめきず》の種々】

3

五指《ごし》の爪《つめ》を合わせ、その爪《つめ》のうち親指の爪《つめ》の尖端《せんたん》にて圧迫《あっぱく》し、かつかつの音を伴《ともな》い悚感《しゅうかん》を生《しょう》ぜしめつつ、頬《ほお》、乳房《ちぶさ》、唇にいささかの痕跡《こんせき》を与《あた》うるを触傷《しょくしょう》という。

4

乳房《ちぶさ》、頸部《けいぶ》にほどこさるる曲《きょく》（線《せん》）、これを半月輪《はんげつりん》という。この種のもの相対《あいたい》せる時、古聖《こせい》はこれを満月輪《まんげつりん》という。その部位《ぶい》はヨーニ《女性器》の頂部《ちょうぶ》、腰部《ようぶ》の窪《くぼ》み、腿《もも》、これなり。いたるところに、この種の二指《にし》もしくは三指《さんし》なる線をほどこす。

5

親指《おやゆび》の爪《つめ》を（乳房《ちぶさ》の）下に入れて、乳房《ちぶさ》の上に（他の）すべての爪《つめ》をもって乳頭《にゅうとう》にむかいて、引きて線をなすとき、これを孔雀《くじゃく》の足痕《あしあと》と称《しょう》す。

6

すべての爪《つめ》をもって乳頭《にゅうとう》にほどこすとき、これ兎《うさぎ》の跳躍《ちょうやく》なり。乳房《ちぶさ》、腰の面にほどこすは蓮弁《れんべん》なり。情人《じょうにん》は旅行にさいし、記念のため三条《さんじょう》もしくは四条《よんじょう》の深き線をヨーニ《女性器》もしくは乳房《ちぶさ》にほどこす。

以上聖コッコーカ作
『ラティラハスヤ』
第八品爪搔《つめがき》篇　終

नवाँ अध्याय

कामसूत्र के सांप्रयोगिक, कन्यासंप्रयुक्तक, भार्याधिकारिक, पारदारिक एवं औपनिषदिक अधिकरणों के आधार ग्रहण करते हुये पण्डित पारिभद्र के पौत्र तथा पण्डित तेजोक के पुत्र आचार्य कोक्कोक द्वारा रचित यह ग्रन्थ ५५५ श्लोकों एवं १५ परिच्छेदों में निबद्ध है। आचार्य कोक्कोक ने इस ग्रन्थ की रचना किसी वैन्यदत्त के मनोविनोदार्थ की थी।

第9篇
歯咬

【歯咬《はがみ》の場所】

1

愛すべき光輝《こうき》、白き尖端《せんたん》、長短度《ちょうたんど》を失せず、潮紅色《ちょうこうしょく》にして、斉正《せいせい》なる、これ推賞《すいしょう》すべき歯《は》なりとす。彼ら（歯）は口腔《こうこう》、上下唇《じょうげくちびる》、眼を除きて、接吻《せっぷん》の条《じょう》に説《と》きし場所において、適用《てきよう》せらるべきなり。

【歯咬《はがみ》の種々】

2

下唇《したくちびる》において紅色《べにいろ》の一線《いっせん》、これを「秘密《ひみつ》」という。圧迫《あっぱく》によって唇《くちびる》左頬《ひだりほお》に与《あた》うる（咬傷《こうしょう》）を「腫張《しゅちょう》」という。また歯と唇との磨砕《まさい》によって、反覆的《はんぷくてき》になさるるものを「珊瑚珠《さんごじゅ》」という。

3

下唇《したくちびる》の中央に、あるいは歯の全部をもって作られしケシ粒《つぶ》のごとき二個の傷を「粒滴《りゅうてき》」という。また歯の白き尖端《せんたん》にて脇《わき》、額《ひたい》、腿《もも》、関節《かんせつ》の装飾《そうしょく》なる二個の（傷）はこれ「珠玉《しゅぎょく》粒滴鬘《りゅうてきかずら》」なり。

4

乳房《ちぶさ》のかたわらに、歯の尖端《せんたん》にて印《しる》せられたるは「断雲《だんうん》」にして、不斉正《ふせいせい》なる尖端《せんたん》をもって円形《えんけい》をなす。乳房《ちぶさ》、背部《はいぶ》を飾る短かからざる咬傷《こうしょう》の列が中間銅色《ちゅうかんあかがねいろ》を呈《てい》するは、これ「野猪咬《やちょこう》」なり。

以上コッコーカ作
『ラティラハスヤ』
第九品外部性交篇　終

（註）第六抱擁篇より第九歯咬《はがみ》篇までを一品として取り扱う時は、外部性交篇第六なり。

दसवाँ अध्याय

कामसूत्र के सांप्रयोगिक, कन्यासंप्रयुक्तक, भार्याधिकारिक, पारदारिक एवं औपनिषदिक अधिकरणों के आधार ग्रहण करते हुये पण्डित पारिभद्र के पौत्र तथा पण्डित तेजोक के पुत्र आचार्य कोक्कोक द्वारा रचित यह ग्रन्थ ५५५ श्लोकों एवं १५ परिच्छेदों में निबद्ध है। आचार्य कोक्कोक ने इस ग्रन्थ की रचना किसी वैन्यदत्त के मनोविनोदार्थ की थी।

第10篇
性交

【性交準備】

1

燈火《とうか》照り輝き、花蔓《はなかずら》を散布《さんぷ》し、芳香《ほうこう》の煙《けむり》拡《ひろ》がれる室《へや》の中に、美装《びそう》せる情人《じょうにん》は近従者《きんじゅうしゃ》たちとともに、装飾《そうしょく》を着けたる婦女《ふじょ》の左側に坐《ざ》し、種々の戯《たわむ》れをなすべし。

2

左腕《ひだりうで》をもって軽き抱擁《ほうよう》をなし、しばしば衣服の端《はし》、動揺《どうよう》するふたつの乳房《ちぶさ》と、帯《おび》に触るべし、美妙《びみょう》なる歌詠《かえい》音楽を奏《そう》し、かくて婦女《ふじょ》の心に愛欲《あいよく》を生《しょう》ぜしめ、近侍者《きんじしゃ》の群《む》れを去らしむべし。

3

額《ひたい》、あご、頬《ほお》および鼻端《びたん》に接吻《せっぷん》し、またシー声《あえぎごえ》を発《はっ》して、しばしば唇舌《しんぜつ》に（接吻《せっぷん》し）「触傷《しょくしょう》」爪掻《つめがき》をへそ下部《かぶ》、乳房《ちぶさ》、腿《もも》にあたえ、かくて彼は横臥《おうが》せしめて下着衣《したちゃくい》を解《と》かしむ。

4

もし婦女欲楽《ふじょよくらく》を欲《ほっ》せざる時は、頬《ほお》を接吻《せっぷん》し、ヨーニ《女性器》をリンガ《男性器》の尖端《せんたん》にて圧迫《あっぱく》し、面々相接《めんめんあいせつ》して両腕《りょううで》にて婦女《ふじょ》の身体を抱擁《ほうよう》し、手にてヨーニ《女性器》に攪拌戯《かくはんぎ》をなすべし。

【ヨーニ《女性器》の状態】

5

あるいは内部柔軟《にゅうなん》にして蓮花《れんげ》のごとく、あるいは五指《ごし》を結び合わせたるがごとく、あるものは皺《ひだ》を有し、またあるものは牛の舌《した》のごとし。これ婦女《ふじょ》において四種の愛神《カーマ》の住処《すみか》なり。前々のもの、次第に柔軟《にゅうなん》性にしてすぐれたり。

6

ヨーニ《女性器》の中間、かの愛神《カーマ》の鞦韆《しゅうせん》なる、リンガ《男性器》に相応《そうおう》せる管溝《かんこう》あり。二指《にし》をもって攪拌《かくはん》せられ、多量の愛液《あいえき》を生《しょう》ず。これと彼の愛神《カーマ》の傘蓋《さんがい》とは、これ婦女《ふじょ》の二種の機関なり。

7

ヨーニ《女性器》の孔《あな》中に鼻状物《びじょうぶつ》あり。すべての愛液《あいえき》を含蔵《がんぞう》し、愛神《カーマ》の傘蓋《さんがい》という。ヨーニ《女性器》の孔《あな》の内部より去ること遠からずして、愛液《あいえき》に充《み》ちたる管溝《かんこう》あり。これを満月《まんげつ》と称《しょう》す。

8

他に多くの管状物《かんじょうぶつ》の集積《しゅうせき》あり。ここにのべられたる三件《さんけん》は、指《ゆび》の撹拌《かくはん》に際《さい》して主要《しゅよう》となす。象鼻《ぞうはな》、蛇頭《じゃとう》、半月輪《はんげつりん》、愛神《カーマ》の鈎《かぎ》等、指の撹拌《かくはん》の行事差別《ぎょうじさべつ》の名は略《りゃく》して挙げず。

9

ひとさし指、中指《なかゆび》をもってしばしばいわれたる管状物《かんじょうぶつ》を欲《ほっ》するだけ擾乱《じょうらん》せしめ、硬質《こうしつ》を軟化《なんか》せしむ。かくして爪痒《あいぶ》、歯咬《はがみ》、接吻《せっぷん》、抱擁《ほうよう》、密接《みっせつ》の行事《ぎょうじ》をもって戯《たわむ》れ、情念《じょうねん》の高潮《たかしお》において交接《こうせつ》をなすべし。

10

さて風習《ふうしゅう》にしたがえる外部性交《せいこう》の後、婦女《ふじょ》をして性交《せいこう》の念を起こさしめ、ヨーニ《女性器》の量と比較を熟知《じゅくち》せる男子は、はじめて規定の性交《せいこう》をなすべし。

11

もし婦女両腿《ふじょりょうもも》を圧迫せしむる時は、緩潤《かんかつ》なるヨーニ《女性器》を緊縮《きんしゅく》ならしむべく、緊縮《きんしゅく》に過《す》ぐるヨーニ《女性器》においては両腿《りょうもも》を開きて緩潤《かんかつ》ならしむる、これ根本原則《こんぽんげんそく》なり。

12

向下性交《こうかせいこう》において、婦女《ふじょ》は緩《かん》なるヨーニ《女性器》を緊縮《きんしゅく》ならしむるとき、きわめて喜ぶ。向上性交《こうじょうせいこう》においては決定して緩潤《かんかつ》ならしむ。匹等性交《ひっとうせいこう》においてはひとしく常態《じょうたい》にて横たわる。

【性交《せいこう》の種々】

13

正交《せいこう》、傍交《ぼうこう》、坐交《ざこう》、立交《りっこう》、背交《はいこう》、これ聖者《せいじゃ》の説《と》ける五種の性交《せいこう》なり。以下、次第に残るところなく、その差別《さべつ》を説《と》くべし。

14

正交《せいこう》の部類中《ぶるいちゅう》、匹等性交《ひっとうせいこう》に二種、向上性交《こうじょうせいこう》に三種あり。したがってまた向下性交《こうかせいこう》において四種あり。聖者ことごとくこれを説《と》けり。

15

仰臥《ぎょうが》せる婦女《ふじょ》の両腿《りょうもも》が坐《ざ》せる男子の両腿《りょうもも》の上に置かるる時、これを村邑態《グラームヤム》といい、もし男子の腰部《ようぶ》より外側に回さるる時、これを都城態《ナーガラカム》という。

16

婦女《ふじょ》は両手をもって自らの腰を保《たも》ち、ヨーニ《女性器》を上方に向かわしめ、男子は両手をもって乳房《ちぶさ》をおし、婦女《ふじょ》は両踵《りょうかかと》を男子の腰部《ようぶ》に回して保《たも》つ。これ開敷華式《ウトプフツラカム》なり。

17

もし婦女両腿《ふじょりょうもも》をまげて傍側《ぼうそく》より男子に交接《こうせつ》し、腿《もも》とヨーニ《女性器》を開き抽出《ちゅうしゅつ》をなす時、これを頻呻式《ジュリンプヒタム》という。

18

婦女《ふじょ》もし自らの両腿《りょうもも》を男子の一方の膝《ひざ》の上に平《たいら》に保《たも》ち、側面より結合《けつごう》せしむ。長き熟練《じゅくれん》を要す。これを帝釈妃式《インドラーニカム》という。

19

もし男女脛《すね》を真っ直ぐになして、交媾《こうこう》する時は函蓋式《サムブタカム》なり。婦女《ふじょ》の仰臥《ぎょうが》すると側臥《そくが》するとによって二種となる。また腿《もも》の圧迫《あっぱく》によって圧迫態《ピーディタム》あり。

20

両腿《りょうもも》を転反《てんはん》したる時は、覆蔽式《ヴエーシュテイタム》の名を得《え》。もしヨーニ《女性器》の唇蓋《しんがい》をもってリンガ《男性器》を捉《とら》えて動揺《どうよう》せざるを牝馬式《ヴーダヴカム》という。

21

もし男子婦女《ふじょ》をして両腿《りょうもも》を組み合わせて上方に向けしめ、抱擁《ほうよう》して交媾《こうこう》せば、これ佝僂式《ブフグナム》なり。しかるに婦女《ふじょ》の両足胸上《きょうじょう》にある時は、胸裂態《ウラススプフタナム》なり。

22

（婦女《ふじょ》）もし一方の足を延《の》ばし、「一方の足を男子の胸において」交媾《こうこう》する時は半身圧迫式《アンガアルドハニピーデイタム》という。もし婦女《ふじょ》の両膝《りょうひざ》が（男子の）肩にある時、これ頻呻式《ジュリンブヒカム》なり。一足を下に延《の》ばし、「他足を男子の肩におく時」はこれ伸展式《サーリタム》なり。

23

これを転反《てんはん》して、しばしばなすを破竹式《ヴェーヌヴィダーリタカム》という。婦女《ふじょ》の一方の脛《すね》は下に（一方は）上方（男子の）頭へ置かるる時、これ集鎗《シューラチタム》式なり。

24

婦女《ふじょ》の両足は折り重ねられ、男子の臍《へ》部《そ》に置かるるはこれ甲蟹《カールカタカム》式という。婦女《ふじょ》もし自己の足をもって力強く動揺《どうよう》する時は、これ鞦韆《ブレーンクホーリタ》式なり。

25

婦女《ふじょ》の両脛《りょうすね》を組み合わすもの、これ蓮座《バドマーサナム》式なり。一方の脛《すね》を外す時は、これ半蓮座《アルドハパドマーサナム》式なり。（この語は註釈《ちゅうしゃく》の方を取る。本文にはアルドハパドーパパダムとあり）。

26

婦女《ふじょ》自己の両膝《りょうひざ》の間に、自己の腕《うで》を通して男子の首をとる。男子もまた膝《ひざ》に通したる両腕《りょううで》をもって抱擁《ほうよう》する。これを聖者は蛇索《ブハニーバシャム》式と称《しょう》す。

27

婦女《ふじょ》は自己の手の親指《おやゆび》をもって、自己の足の親指《おやゆび》を上方に捉《とら》え、男子は（その婦女《ふじょ》の）両脛《りょうすね》を自己の膝におき、両腕《りょううで》をその首におく。これ拘束《サンヤヤナム》式なり。

28

もし男子両腕《りょううで》において両腕《りょううで》を、顔に顔を、脛《すね》に脛《すね》をおきて、交媾《こうこう》する。これ亀式《カーウルマム》なり。もし一方において、上方に趣《おもむ》ける両腕《りょううで》が転反《てんはん》し、「男子の両腕《りょううで》を起ち上げること能《あた》わざらしむる時は」これ圧迫式《ピーディタム》なり。婦女《ふじょ》の腿《もも》、男子の足を圧迫《あっぱく》するがゆえに。

29

仰臥性交《ぎょうがせいこう》を説《と》きおえり。我はさらに側臥性交《そくがせいこう》の二種を説《と》くべし。婦女《ふじょ》の両腕《りょううで》の中間に男子の両腕《りょううで》の中に入るを、聖者《せいじゃ》は説《と》きて包函式《サムドカ》という。

30

この包函式《サムドカ》の姿態《したい》を破《やぶ》らずして、婦女《ふじょ》もしくは男子は、内外転反《ないがいてんはん》して交《まじ》わる。これ明らかに上半身を軽くする練習より来たる。すなわち転反式《パリヴルタナカム》なり。

31

坐《ざ》したる婦女《ふじょ》の両足、一方を伸ばし(一方を)かがめたる時に、男子もまたかくのごとくなして、軽く側面より、下方より、交接《こうせつ》する。これを双脚式《ユグマパダム》という。

（註）坐《ざ》せる婦女《ふじょ》の一足は伸ばし、一足は屈《くっ》したる時、男子はこれに面して自己の足を婦女《ふじょ》の伸ばしたる足の下におき、他のかがめたる足を、かがめたる足によってかたく抱き、互いに抱擁《ほうよう》し、接吻《せっぷん》して交接《こうせつ》す。これ双脚式《そうきゃくしき》なり。

32

もし男子自己の臀部《おしり》を婦女《ふじょ》の臀《おしり》の中に趣《おもむ》かしめて、しばしば回転せしめ交媾《こうこう》する時は、これ摩砕式《ヴァイマルディタカム》なり。

（註）もし婦女坐《ふじょざ》して両腕《りょううで》をもって男子の臀部《おしり》を抱き……自己の臀部《おしり》を回転せしめつつ交接《こうせつ》す云々。

もし相面《あいめん》して交接《こうせつ》する時は、猿猴式《マールカタカム》なり。

33

以上、ここに交接法《こうせつしき》において、種類を説《と》きおわる。特殊性交《とくしゅせいこう》を説《と》くべし。もし柱壁により男女上方に趣《おもむ》くとき、これに四種あり。

【特殊性交】

34

男子腕《うで》をもって婦女《ふじょ》の膝《ひざ》を抱き、足をもって首に懸垂《けんすい》せしめ、顔を上方に向けてリンガ《男性器》を結合《けつごう》せしむ。これ、膝臂式《ジャーヌクールパラム》なり。

（註）この一頌《いっしょう》明らかならず、註に照らすも意義いまだ十分に透徹《とうてつ》せず。

35

婦女《ふじょ》一足をもって立つ時、神力態《ハリヴィクラマ》と称《しょう》す。

（註）婦女《ふじょ》一足にて立ち、男子その首に懸垂《けんすい》して交接《こうせつ》す。婦女《ふじょ》もし両足において、壁《かべ》による男子の手に坐《ざ》する時、これ二面式《ドヴィタラム》と名づくる性交なり。

（註）婦女壁《ふじょかべ》による男子の両手の中に自己の両足をおき、男子の首を抱きて交接《こうせつ》する時は、二面式なり。

36

婦女《ふじょ》は壁によりたる男子の手掌《てのひら》に坐《ざ》し、腕《うで》をもって男子の首を蔓草《つるくさ》のごとくまとい、腿《もも》の部分にて男子の腰部《ようぶ》を抱き、足の面にて壁《かべ》を打ち、動揺《どうよう》せしめ、溜息《ためいき》し、シー声《あえぎごえ》を発する。これを懸垂式《アヴランビタム》と称《しょう》す。

37

婦女《ふじょ》もし俯面《ふめん》して四《よ》つん這《ば》いの姿勢《しせい》を取り、男子はその臀部《おしり》に上《のぼ》りて牡牛《おうし》等の家畜《かちく》のごとくなす。これ俯伏式《ヴァーナタム》と称《しょう》する性交《せいこう》法なり。

38

婦女《ふじょ》、地面に（あるいは自己の足に）両手を託《たく》し、最初より男子を臀部《おしり》に上《のぼ》らしめ、徐々に俯面《ふめん》するにいたる。男子は牡牛《おうし》のごとく面《おもて》を挙《あ》ぐる時、これを牝牛式《ドヘーヌカマ》という。
（前条《ぜんじょう》とほとんど同じきもののごとし）。

39

婦女《ふじょ》は俯面《ふめん》して乳房《ちぶさ》、両腕《りょううで》、顔、頭を地に着《つ》け、その臀部《おしり》を高め、男子は自己のリンガ《男性器》を保持《ほじ》して象のごとくそれに臨む。これ象式《アイブハム》なり。

（註）あるいは象足式《カリパダム》と読みたるもあり。マルリナートハのラグフーンシャ一九、二五の（註）。

40

鹿、ロバ、犬、水牛《すいぎゅう》等の様式もこれ

に準《じゅん》ずべし。

41

また男子は腿《もも》を相反《あいはん》して（臥《ふ》せる）二人の婦女《ふじょ》とたがいに同時に交媾《こうこう》し得《う》べし。好婬《こういん》の婦女《ふじょ》は、また二人の男子と（交接《こうせつ》し得《う》べし）。これ並接《サンバダ》、隣接《ウパパダ》、並殺《グハータカ》と知るべし。

42

かくのごとくにして、また一人の婦女《ふじょ》は、四人の男子を楽しみ得《う》べし。また口、手、足、リンガ《男性器》の触をもってすれば、一人の男子によって（四人の婦女《ふじょ》を）同時に個別に（楽しみ得《う》べし）。

43

以上、リンガ《男性器》、ヨーニ《女性器》の相撃《あいう》つ方法において性交《せいこう》の説を終わる。種々なる撹拌《マントハ》、圧迫《ピーディタ》、猪突《ヴァラーハグハータ》等の説は、さまで効果あらざれば、予《よ》はこれを省《はぶ》けり。（原本これを42とせり。今次《こんじ》、下順次《したじゅんじ》に改《あらた》む）。

44

上方《じょうほう》より、各側面《かくそくめん》より、または下方《かほう》

より、圧迫打撃《あっぱくだげき》の方法あり。男子好婬《こういん》の婦女《ふじょ》のヨーニ《女性器》に対しては模擬男根《もぎだんこん》を用《もち》うべし。

【感受の諸相】

45

婦女《ふじょ》の眼球《がんきゅう》の迷転《めいてん》するにあたりては、力強く圧迫《あっぱく》すべし。身体においての弛緩《しかん》、両眼《りょうがん》の瞬《まばた》き、および喪心《そうしん》は、これ性交感受《せいこうかんじゅ》の相《そう》なりとす。

46

性愛《せいあい》に心乱《こころみだ》れたる婦女《ふじょ》、しばしば自己のヨーニ《女性器》を接触《せっしょく》せんとしシーの声《あえぎごえ》をなすは、これ感受《かんじゅ》の頂点《ちょうてん》に達したる標示《ひょうじ》なり。さらに、また不満足《ふまんぞく》の相《そう》を説《と》くべし。

【擬男性交《ぎだんせいこう》】

47

手を振り、打ち、中止を欲《ほっ》せず、急速《きゅうそく》に躍《おど》る。かくて男子の疲労《ひろう》せる時、女子は随意《ずいい》、擬男性交《プルシャイタム》をなす。

48

最初より生殖器《せいしょくき》を結合《けつごう》するか、もし

くは男子を下方におきて婦女《ふじょ》が男子のごとく振舞《ふるま》う。男子リンガ《男性器》を高《たか》むる時、腰《こし》を屈曲《くっきょく》して輪《わ》のごとく回転《かいてん》する。これ回転式《ブフラマラム》なり。

49

もし腰《こし》を各方面より回転《かいてん》すれば、これ鞦韆態《ブレーンクホーリタム》なり。

（註）鞦韆《ブレーンクハ》なる前加語《ぜんかご》を添《そ》えたるウーリタムにして、ブレーンクホーリタムと名づく。打撃《だげき》をなし、シーの声《あえぎごえ》を伴い、顔は微笑《びしょう》を含みて、この（語）を話すべし。

50

意地悪《いじわる》よ、今や汝《なんじ》は陥《おとしい》れられぬ。我は汝《なんじ》を殺すべし。隠《かく》れよ、汝《なんじ》は敗残者《はいざんしゃ》となされぬ。時々《ときどき》装飾《そうしょく》の音《おと》たてて打ちつつ、髪《かみ》を引き接吻《せっぷん》し、間断《かんだん》なく腰を振り乱しつつ、瞬間《しゅんかん》に事《こと》を止《や》むべし。

（註）原典脚註《げんてんきゃくちゅう》に一頌《いっしょう》を引用す。いわく「身に汗《あせ》し、髪衣服《かみいふく》等の覆《おお》いは緩《ゆる》み、死の楽の生ずる時、婦女《ふじょ》の事の終結《しゅうけつ》は達せらる」。この典拠《てんきょ》明らかならず。

51

婦女《ふじょ》の疲労《ひろう》を知らば、彼女を下になし、射精《しゃせい》の時は函蓋式《サンプタム》を取るべし。もしかくのごとくして、満足に到達せざれば、彼は（経典《けいてん》の）説《と》くところの指交法《アングリーラタム》を行なうべし。

52

出産後《しゅっさんご》、間もなき婦女《ふじょ》、月経《げっけい》をおわりたる婦女《ふじょ》には（妊娠《にんしん》せざるところあるため）擬男性交《ぎだんせいこう》をなさしむべからず。また懐胎《かいたい》の婦女《ふじょ》、牝鹿族《めじかぞく》の婦女《ふじょ》、肥満《ひまん》せると、きわめて痩《や》せたる婦女《ふじょ》を避《さ》くべし。

【打撃《だげき》】

53

痴話喧嘩《ちわけんか》を性交《せいこう》と、あるものは説《と》けり。打撃《だげき》もその付属物《ふぞくぶつ》として説《と》かる。かの叫《さけ》び声《ごえ》は苦痛《くつう》の相《そう》なるも、それにも賢者《けんじゃ》は多くの規定《きてい》を説《と》けり。

54

打撃《だげき》には開掌《サマタラ》、背掌《アパハスタ》あり、拳《ムシュティ》あり、拡手《プラスリタカム》ありと説《と》かる。背部《はいぶ》、脇部《きょうぶ》、腰部《ようぶ》、乳房《ちぶさ》の間、頭部《とうぶ》においてなさる。けだし、これらは愛神《カーマ》の地面なればなり。

【叫び声】

55

ヒンの声、雷声《らいせい》、シー声《あえぎごえ》、ドゥー声、プフー声、溜息《ためいき》、の叫び声等、解放《かいほう》せよ、圧迫《あっぱく》せよ、執《と》れよ、活《い》かせよ、救《すく》えよ、およびハー、ドヒックの(間投詞《かんとうし》)はこれシー声《あえぎごえ》と知るべし。

56

ラーヴァカ、鳩《はと》、コーキラ、白鳥《はくちょう》、孔雀《くじゃく》のごとき声をまじえて打撃《だげき》の場合《ばあい》に発《はっ》す。その他の声も、賢者《けんじゃ》は説《と》けり。

57

喉鼻《こうび》は上方にヒンの声を出し、雷声《らいせい》は雷《かみなり》のごとく、ドゥー声は破竹《はちく》のごとく、プフー声はパダラ(の果実《かじつ》)が水に堕《お》ちたるがごとし。

58

啼泣《ていきゅう》の声を起こす手の打撃《だげき》が、胸に加えらるるを背掌《アバハスタカム》という。拳《ムシュテイ》は背部《はいぶ》よりし、頭上《ずじょう》に蛇頭《じゃとう》の形状《けいじょう》なるは拡手《プラスリタカム》なり。

59

腰部《ようぶ》においては、掌面《てのひら》をもって打ち、両脇《りょうわき》には開掌《サマタラム》を加う。南部地方においては剣状等《カルタリー》の打撃《だげき》あるも、これこちらの賢者《けんじゃ》の非難《ひなん》するところなり。

60

男子は膝《ひざ》の上に来《き》たれる女子を、自己の拳《こぶし》をもって背部《はいぶ》より打つべきなり。愛に乱されたる女子もまた不興《ふきょう》の面《おも》もちを装《よそお》いて彼を打《う》ち、啼泣《ていきゅう》し、溜息《ためいき》すべし。

61

終極《しゅうきょく》に近づく時、男子は交接《こうせつ》せる婦女《ふじょ》の胸の上に徐々《じょじょ》に力を増大《ぞうだい》し、背掌《アバハスタ》の打撃《だげき》を加うべし。婦女《ふじょ》も時々またシー声《あえぎごえ》を出すべし。

62

もし痴話喧嘩《ちわげんか》の場合には、拡掌《プラスリタカ》をもって頭を打つべし。婦女《ふじょ》は打撃《だげき》においてはなはだしくドゥーの声、プフーの声を出し、溜息《ためいき》し、号泣《ごうきゅう》すべし。

63

終極《しゅうきょく》に近づく時、腰部《ようぶ》と脇に急速《きゅうそく》

に開掌《サマタラ》をもって打つべし。婦女《ふじょ》は終極《しゅうきょく》の時に白鳥《はくちょう》ラーヴァカの声を出すべし。

64

交媾《こうこう》の終極《しゅうきょく》に婦女《ふじょ》は号泣《ごうきゅう》し、溜息《ためいき》すべし。他の時にもまた婦女《ふじょ》は、分離《ぶんり》の苦に耐《た》えざるごとく喉《のど》の響《ひび》きをなすは可なり。

65

婦女《ふじょ》は性交《せいこう》において、男子に対して情を含み、粗暴《そぼう》にかつ強勢《きょうせい》に振《ふ》る舞《ま》うべし。男子はある場合には、愛情《あいじょう》より、習慣《しゅうかん》より、擬男性交《ぎだんせいこう》にても短時《たんじ》にして満足すべし。

66

性交《せいこう》の頂点に達しては、柱のようになれる馬のごとく、愛する両人は交接《こうせつ》に際しては、覚えずして負傷《ふしょう》、打撃《だげき》、闘諍《とうじょう》をなす。

67

されば婦女《ふじょ》の習性《しゅうせい》を知りて、鋭敏《えいびん》、遅鈍《ちどん》の行事《ぎょうじ》をなすべし。口唇性交《こうしんせいこう》は聖者《せいじゃ》の非難《ひなん》するところなり。これを説《と》かず。

以上聖なるコッコーカの作

『ラティラハスヤ』

の中、性交篇第十品　終

ग्यारहवाँ अध्याय

कामसूत्र के सांप्रयोगिक, कन्यासंप्रयुक्तक, भार्याधिकारिक, पारदारिक एवं औपनिषदिक अधिकरणों के आधार ग्रहण करते हुये पण्डित पारिभद्र के पौत्र तथा पण्डित तेजोक के पुत्र आचार्य कोक्कोक द्वारा रचित यह ग्रन्थ ५५५ श्लोकों एवं १५ परिच्छेदों में निबद्ध है। आचार्य कोक्कोक ने इस ग्रन्थ की रचना किसी वैन्यदत्त के मनोविनोदार्थ की थी।

第11篇
少女親近

【処女《しょじょ》の選択】

1

三数（富、愛、法）を完全に成就《じょうじゅ》せる正しき人は、法典《ほうてん》により、いまだかつて他《ほか》に嫁《とつ》がせざる同種族《どうしゅぞく》の婦女《ふじょ》に婚《こん》すべきなり。正しき人は結婚《けっこん》、同棲《どうせい》、遊楽《ゆうらく》等も、慈善《じぜん》も、決して悪人《あくにん》、過激者《かげきしゃ》とともになさず。

2～3

手、足、爪《つめ》において蓮弁《れんべん》のごとき愛らしさ、輝き、さては黄金の白き輝きあり。また眠《ねむり》においてやわらかさと潮紅《ちょうこう》を有し、斉正《せいせい》にしてやわらかき足、少食《しょうしょく》、少眠《しょうみん》、手と足に蓮華《れんげ》、瓶《びょう》、輪《りん》等の標相《ひょうそう》を有し、髪、緒《そほ》ならず。腹部《ふくぶ》、口、懸垂《けんすい》せず。身を持《じ》することかたき処女《しょじょ》は、選択《せんたく》の法規《ほうき》において定められたり。あるいは戸外《こがい》に出《い》で、あるいは泣き、あるいはあくびし、あるいは眠れる女を選択《せんたく》、法規《ほうき》に照《て》らして聖者《せいじゃ》は棄却《ききゃく》す。

4

その名に山、樹木《じゅもく》、川もしくは馬を有《ゆう》し、きわめて痩《や》せたる、身体《しんたい》屈曲《くっきょく》して硬《かた》き、下唇《したくちびる》はなはだしく懸垂《けんすい》せる、くぼみて紅《あか》き眼を有せる、手足硬《かた》きは（取らず）。

5

食《しょく》する時、溜息《ためいき》し、笑い、泣き、さては乳頭《にゅうとう》の下垂《かすい》せる乳房《ちぶさ》を有し、あるいは鬚《ひげ》を有し、乳房《ちぶさ》不同なる、矮躯《わいく》なる、箕《み》のごとき耳を有する、歯悪《はあ》しき、言語粗暴《そぼう》なる、（一般に）顔の長き（註、あるいは顔を腰《ヴクトラジャンクハ》に作れる異本あり）、きわめて長きは（取らず）。

6

情人《じょうにん》と交際《こうさい》するを楽しむもの、手、脇、胸のあたり、背部《はいぶ》、腰部《ようぶ》、下唇部《かしんぶ》に毛を生《しょう》ぜる、もしくは歩行《ほこう》ごとに地面を震動《しんどう》せしむる、笑う時、両頬《りょうほほ》に波立つは（取らず）。

7

彼女の足の親指よりも他の隣接《りんせつ》せる指が大なる時、もしくは中指《なかゆび》が短く、あるいは小指《こゆび》もしくは薬指《くすりゆび》、もしくは両者《りょうしゃ》が地に触れざるならば、選択《せんたく》の時、この処女《しょじょ》は棄《す》てらるべきなり。

【結婚の夜】

8

さて結婚の夜において決して躍進《やくしん》すべからず。けだし三夜において捉《とら》えらるることは彼女を恐れしむ。この三日は童貞《どうてい》を被《こうむ》るべからず。また彼女の心に一致《いっち》せずして自己の欲《ほっ》するままに性交《せいこう》をなすべからず。

9

婦女《ふじょ》はその身体、花のごとくやわらかなれば、秘義《ひぎ》を知らざるものによって取り扱われては、交接《こうせつ》を嫌《きら》うにいたる。まずその女友とともに戯楽《ぎがく》をなさしめ、それに信頼《しんらい》をおける後になすべし。

【処女《しょじょ》の取り扱い】

10

性交《せいこう》の経験《けいけん》なき、かつ若《わか》き賛美《さんび》すべき少女《しょうじょ》においては、暗所《あんしょ》にてかつ秘密《ひみつ》に処理《しょり》すべしといえり。上半身《じょうはんしん》をもって瞬間抱擁《しゅんかんほうよう》をなし、自己の口《くち》より口《くち》へタンブーラを与《あた》うべし。

11

婦女《ふじょ》もし反対せば、愛の誓言《せいげん》、慰安《いあん》を述べ、足下に跪《ひざまず》きなど、納得《なっとく》せしむる方法をもって、これを執《と》らしむ。その場合、明瞭《めいりょう》にして温和《おんわ》なる接吻《せっぷん》をなし、温和《おんわ》なる諍《いさか》いと戯《たわむ》れの語《ご》をもって彼女に接すべし。

12

知らざるかのごとく、若干《じゃっかん》の短語《たんご》をもって尋《たず》ぬべし。答えをなさざる時は、なおも強《つよ》めるべし。美しきものよ、汝《なんじ》は我を愛《あい》せりや、また愛《あい》せざるや。かく問われて、返答《へんとう》の語《ご》の代わりに、彼女は頭の動揺《どうよう》をなしぬべし。

13

もし処女愛《しょじょあい》を有する時は、徐々《じょじょ》に侍女《じじょ》に対して秘密《ひみつ》を語り、面《おもて》を俯《ふ》せて微笑《びしょう》すべし。侍女《じじょ》は「かくかくの汝《なんじ》の堅固《けんご》なる幸福《こうふく》が語られたり」など、愛する男子につきて尊敬《アードリタム》して（あるいは虚言《アヌリタム》を交《まじ》えて）すらも話さる。

14

侍女《じじょ》に対し、表面上の言辞《げんじ》にて「我

は決して、かくのごとく語らざりし」と明瞭《めいりょう》なる、なかば言いさしたる戯《たわむ》れの語句《ごく》にて言うべし。しこうして愛の打《う》ちあけられたるとき、乞《こ》われてベテル花等をかたわらに持ち来たり、上衣《うわぎ》の中に置くべし。

15

彼女の乳房《ちぶさ》のつぼみに爪《つめ》もて触るべし。抱擁《ほうよう》して手の面をへそのあたりにまでおよぼして引くべし。

（註）あるいは一本には、手の面をヨーニ《女性器》のあたりまでおよぼして引くべし。

16〜17

そのとき、もし彼女拒《こば》まば、かくのごとくいいて取り去るべし。「美しき顔もつものよ、御身《おんみ》我を抱くならば我はなさじ」と。

かくのごとく、やわらかに言いて抱擁《ほうよう》し、ますます強く結び付きつつ次第《しだい》に恐れしむ。愛するものよ、われは爪歯にて汝《なんじ》を傷つくべし。自己の身にも若干《じゃっかん》の傷を自ら作り、汝《なんじ》のなせるものなるを知らしめて、さて我は美しき顔もつものよ、汝《なんじ》を侍女《じじょ》のある前にて、ますます恥《はじ》しめんと。かくて全身を接吻《せっぷん》すべし。腿部《たいぶ》の摩擦《まさつ》の戯《たわむ》れをなし、次第に羞恥《しゅうち》の融解《ゆうかい》をなし、しこうして帯《おび》を解くべし。

18

かくて次第に恐怖《きょうふ》と暗黒《あんこく》と不機嫌《ローシャ》(ある本には妨害《ロードハ》)が愛の法則によって除去《じょきょ》せらるる時、適当《てきとう》に生殖器《せいしょくき》の結合《けつごう》をなして交接《こうせつ》をなすべし。かくのごとく甚難甚深《じんなんじんしん》の処女《しょじょ》の秘密《ひみつ》においてのこの方法は、ここに性愛《せいあい》の経典《けいてん》の真義《しんぎ》を観《かん》じたる我によって説《と》かれたり。

19

きわめて温順《おんじゅん》をもってしても、また乱暴《らんぼう》をもってしても、処女《しょじょ》において成就《じょうじゅ》せず。ゆえに中庸《ちゅうよう》をもって成功《せいこう》すべし。

20

自《おの》ずから喜《よろこ》びを生じ、婦女《ふじょ》の欲情《よくじょう》を増加する処女親近《しょじょしんきん》の法を知るものは、彼女の情人《じょうにん》たり得《う》べし。

21

処女《しょじょ》の心を知らざるものによって、突如《とつじょ》として接近《せっきん》せらるるも、彼女は恐怖《きょうふ》し驚愕《きょうがく》し、かくてただちに憤怒《ふんぬ》を生《しょう》ずべし。

22

婦女《ふじょ》は喜悦《きえつ》の情を生《しょう》ぜずして、恐怖《きょうふ》に傷《きず》つけらるる時、もしくは男子を憎悪《ぞうお》し、もしくは憎悪《ぞうお》せられ、ついに他の男子に行くにいたるべし。

以上、聖なるコッコーカ作『性愛《せいあい》秘義』の中、
少女親近篇第十一品　終

बारहवाँ अध्याय

कामसूत्र के सांप्रयोगिक, कन्यासंप्रयुक्तक, भार्याधिकारिक, पारदारिक एवं औपनिषदिक अधिकरणों के आधार ग्रहण करते हुये पण्डित पारिभद्र के पौत्र तथा पण्डित तेजोक के पुत्र आचार्य कोक्कोक द्वारा रचित यह ग्रन्थ ५५५ श्लोकों एवं १५ परिच्छेदों में निबद्ध है। आचार्य कोक्कोक ने इस ग्रन्थ की रचना किसी वैन्यदत्त के मनोविनोदार्थ की थी।

第12篇
妻女

1

婦女《ふじょ》は語《ご》と心《こころ》と身《み》をもって、柔順《じゅうじゅん》に自己の夫に対し、神のごとく奉仕《ほうし》すべし。夫の言《げん》によって家庭を考うべし。日ごとに家を美しく磨《みが》くべし。

2

夫の長上《ちょうじょう》、友人、僕婢《ぼくひ》、および親族《しんぞく》に対し、邪欲《じゃよく》、愚痴《ぐち》を離れ、自己の位置相当《いちそうとう》に振《ふ》る舞《ま》うべし。戯楽《ぎがく》と浄行《じょうぎょう》のために白き簡素《かんそ》の服を着、夫との性愛《せいあい》のために多く紅色《べにいろ》(の衣《ころも》を着る)。

3

花園《はなぞの》にはマルヴァカ、ナヴァマーリー、マーラティー、クンダ、マルリー、カルナのごとき花、芳香《ほうこう》あるヴィールドハ、甘《あま》き果実《かじつ》の樹《き》、ムーラカー、ラーブ、ブハーンダ等の木を植《う》うべし。

4

貞淑《ていしゅく》ならぬ婦女《ふじょ》、女行者《おんなぎょうしゃ》、比丘尼《びくに》、詐欺《さぎ》を事《こと》とするもの、薬草《やくそう》をもって呪咀《じゅそ》するものとは、一度たりとも接《せっ》するなかれ。それにまでこれが佳《か》なり、もしくはこれは適当《てきとう》ならずと日《ひ》ごとに夫の享楽《きょうらく》、欲望《よくぼう》を満《み》たすべきなり。

5

帰《かえ》り来《き》たれる夫の声《スヴラ》（ある一本語《ヴァチャナ》に作る）を聞きては、その助力《じょりょく》のために、彼女は室《へや》の中央に入るべし。彼の両足《りょうあし》を自ら洗《あら》うべし。家産《かさん》の滅亡《めつぼう》を顧《こころ》みざる時、内密《ないみつ》にこれを覚《さと》らしむべし。

6

許可《きょか》を得《え》、保護《ほご》せられて他所《よそ》に行く

べし。夫の臥床《がしょう》を設《もう》け、先だちて起き、夫寝《おっとね》たるもそばを去らず。夫の秘密《ひみつ》を破らず。夫の精進《しょうじん》などの行《ぎょう》をなす場合には、自らもこれをなすべし。

7

人なきところ、戸外《こがい》にはどこにもあれ、決して長く立たず。また夫に対して非愛《ひあい》の語《ご》をあたえず。人少《すく》なき場所《ばしょ》もしくは庭園《ていえん》において語《かた》らず。熟慮《マントラヘーツンヴィナー》せずしては（ある本には怒りの原因《マヌヘーツンヴィナー》にあらざれば）人を見ず。

8

木材、陶土《とうど》、皮革《ひかく》、金属《きんぞく》をもってよく結合《けつごう》して、便宜《べんぎ》の工夫《くふう》をなし、低額《ていがく》の金《かね》にて多くの器具《きぐ》をしつらえ、人知《ひとし》れず得《え》がたき薬物《やくぶつ》を作るべし。冗費《じょうひ》を注意し、収入《アーヤ》の工夫《くふう》をなすべし。

9

わら、穀皮《こくひ》、カナ（穀類《こくるい》の一種《いっしゅ》）、木材《もくざい》、炭《すみ》、灰《はい》の処置《しょち》、僕婢《ぼくひ》の雇《やと》い入れ、事業《じぎょう》の看視《かんし》、夫の衣服《いふく》の受用《じゅよう》および棄捨等の注意、祝事《しゅくじ》の時などにおいて、それらの清浄《せいじょう》をもって夫の階級《かいきゅう》に対しての考慮《こうりょ》。

10

僕婢《ぼくひ》の保護《ほご》、馬の世話、家畜《かちく》、猿《さる》、ピカ鳥《どり》、オウム、シャーリー、サーラサ等の世話、高僧《こうそう》に対する尊敬《そんけい》、それに対する言語《げんご》の謹慎《きんしん》をなし、失笑《しっしょう》をつつしみ、行止端正《こうしたんせい》なるべし。

11

夫の愛を共有《きょうゆう》する伴侶《はんりょ》の婦女《ふじょ》とともに同棲婦《サパトニー》を見ること平等に、その子を見ること自己（の子）のごとく邪心《じゃしん》なく、夫どこにか出《い》でて不在《ふざい》ならば、尊《とうと》きバラモンを集めて吉祥《きちじょう》の装飾《そうしょく》を設《もう》く。

12

しこうして長上《ちょうじょう》のかたわらに臥床《がしょう》を設《もう》け、日ごとに費途《ひと》の節約《せつやく》をはかり、彼の幸福《こうふく》を増進《ぞうしん》するにつとめ、彼のいまだ完成せざる浄行《じょうぎょう》において、努《つと》めてこれを完《まっ》たからしめ、幸運《こううん》成就《じょうじゅ》のために精進《しょうじん》の行《ぎょう》をなすべし。

13

祭式《さいしき》のために、自己の親族《しんぞく》の家に行く時は従者《じゅうしゃ》を伴《ともな》い、長く滞留《たいりゅう》せず、夫の帰るに際《さい》しては異変《いへん》なき自己の身を示し、祭《まつり》においては第一に供物《くもつ》を設《もう》け、また取り下《さ》ぐべし。

14

男子もし多くの婦女《ふじょ》を有する時は、不等《ふとう》の待遇《たいぐう》をなし、心を微細《びさい》に働《はたら》かせ、過失《かしつ》を許すなかれ。身体に一《ひと》つの欠陥《けっかん》ある時、性交《せいこう》の際に秘密《ひみつ》に、なんらかそれを愛の怒《いか》りもて語る。

15

他の婦女《ふじょ》をして、いかようにも決し

てそれを聞かしむるなかれ。またいつにもあれ、どこにもあれ、同棲婦《どうせいふ》の中に知れ渡《わた》らしむるなかれ。もし誰にもあれ、秘密《ひみつ》に一人が他の過失《かしつ》を語らば、彼女はたくみにいわれたる責罰《せきばつ》をもって処置《しょち》せらるべし。楽園《らくえん》、住処《すみか》、愛、装飾物《そうしょくぶつ》の施与《せよ》によって、婦女《ふじょ》の心は適当に染着《せんじゃく》せらる。

以上聖コッコーカ作『性愛秘義《せいあい》』の中、妻女《さいじょ》篇第十二　終

तेरहवाँ अध्याय

कामसूत्र के सांप्रयोगिक, कन्यासंप्रयुक्तक, भार्याधिकारिक, पारदारिक एवं औपनिषदिक अधिकरणों के आधार ग्रहण करते हुये पण्डित पारिभद्र के पौत्र तथा पण्डित तेजोक के पुत्र आचार्य कोक्कोक द्वारा रचित यह ग्रन्थ ५५५ श्लोकों एवं १५ परिच्छेदों में निबद्ध है। आचार्य कोक्कोक ने इस ग्रन्थ की रचना किसी वैन्यदत्त के मनोविनोदार्थ की थी।

第13篇 人妻

1

以上、要約《ようやく》して妻女《さいじょ》の義務《ぎむ》を説《と》けり。今や我、人妻《ひとづま》に関係する事項《じこう》を説《と》かん。生命と名誉《めいよ》と怨敵《おんてき》と悪友《あくゆう》と、これその所為《しょい》なり。十個の状態に起因《きいん》して生《しょう》ず。愛よりせず。

【恋愛《れんあい》の十相《じゅっそう》】

2

眼《め》の歓《よろこ》びを第一となし、心の染着《せんじゃく》、妄想《もうそう》、不眠《ふみん》、羸痩《るいそう》、他の事物に対する無関心《むかんしん》、無恥《むち》、狂態《きょうたい》、失神《しっしん》、致死《ちし》、この十は、これ愛の十態《じったい》なり。この中に愛の生長《せいちょう》する時、自己の防衛《ぼうえい》のために他の婦女《ふじょ》に行く。

4

妻女《さいじょ》、財産《ざいさん》、土地、子息《しそく》、幸福を来たす事業《じぎょう》は、ふたたび得《え》らるべし。身体はふたたび得《う》べからず。

【人妻親近《ひとづましんきん》の必要と禁條《きんじょう》】

5

娶《めと》るべからざる婦女《ふじょ》と、バラモンの娘に通ずるものは、つねに生まれながら不浄《ふじょう》にして、日ごとにバラモンを殺《ころ》す。

6

バラモンの妻は、対境《たいきょう》にあらず。されど五人の男子に接したる婦女《ふじょ》は、これを犯《おか》すも罪にあらず。教師《きょうし》、友人、親族、主人の妻は禁《きん》ぜらる。

7

種族《しゅぞく》を失《うしな》えるもの、友人、幼女《ようじょ》、女行者《おんなぎょうしゃ》、病女《びょうじょ》、放縦《ほうじゅう》なるもの、狂気《きょうき》せるもの、悪臭《あくしゅう》あるもの、老婦《ろうふ》、秘密《ひみつ》を破るもの、赭《あか》き身体のもの、きわめて痩《や》せたるもの、預《あず》けられたる女、これらは何時《いつ》にもあれ、通《つう》ずべからず。通ずべからざる婦女《ふじょ》において、賢者《けんじゃ》は原因《げんいん》より名づけて、これを人妻《ひとづま》といえり。

9

彼女の夫は、我が敵《てき》と結《むす》びたるがゆえに、されば彼女は彼（我が敵）を殺《ころ》し得《う》る。我と通じたる彼女は、強力《きょうりょく》なる本性《ほんしょう》の我を殺すにいたる。

10

彼女に通ずるは破滅《はめつ》を免《まぬが》る、もしく

は貧窮《ひんきゅう》なる我の生計《せいけい》のもとなる時、あるいは我に恋着《れんちゃく》せる彼女は、我が弱点を知り、もし我、従《したが》わざれば我を害《がい》するならむ時。

11

彼女、我を楽しまんと欲《ほっ》し、虚構《きょこう》せられたる邪過《じゃか》をもって（我を害《がい》せん時）、もしくは彼女と通《つう》ずれば、我は非常なる友義《ゆうぎ》をなし得《う》べき時。

12

かく諸種《しょしゅ》の場合あり。かくのごとく情欲《じょうよく》よりあらずして、原因《げんいん》を考察《こうさつ》して通《つう》ずべし。もしくは自己の原因の省察《せいさつ》に堪《た》えざる時、そは愛に打《う》たれたるなり。

13

人妻《ひとづま》に通《つう》ぜんとするものによっては、自在《じざい》と、富《とみ》と、生命《せいめい》と、不幸《ふこう》の除去《じょきょ》と、これらを前《まえ》もって考えざるべからず。何となれば、愛は希望《きぼう》の余地《よち》ありて勝ちがたし。

14

恋愛《れんあい》は本来、意地悪《いじわる》くして除《のぞ》きがたく、障礙《しょうがい》多く、得《え》がたく、禁《きん》ぜられたる境界《きょうかい》にも進み入る。

15

婦女《ふじょ》は美しき男子を愛す。男子もまた（美しき）婦女《ふじょ》を見て（愛す）。ただ両者の異《こと》なるところは、婦女《ふじょ》は正義を顧慮《こりょ》せずして欲求《よっきゅう》す。

16

男子によって愛せられたる婦女《ふじょ》は、忽然《こつぜん》として本性《ほんしょう》によって彼を顧《かえり》みず。男子は古聖《こせい》の法規《ほうき》等を顧慮《こりょ》して、あるいは愛し、あるいは然《しか》せず。

17

彼は得《え》やすきを侮《あなど》り、得《え》がたきを愛す。また彼は、いつわりて愛することあり。以上、男子婦女《ふじょ》の行儀《ぎょうぎ》を説《と》きおわる。次に婦女《ふじょ》の回避《かいひ》の原因《げんいん》を説《と》くべし。

18

夫に対する熱愛《ねつあい》、子に対する愛、年齢《ねんれい》の相違《そうい》、ある婦人にとっては正義の顧慮《こりょ》もまた存す。

19

夫と離居《ざっきょ》せぬこと、自身に欠陥《けっかん》ある

自覚《じかく》、他の婦女《ふじょ》に恋着《れんちゃく》せるこの男子は、ほどなく他の婦女《ふじょ》へ行くべし（との思）。わがこの愛が、彼に対して苦痛《くつう》であらざれとの怯弱《きょうじゃく》さ。

20

情人《じょうにん》は達《たっ》しがたしという場合《ばあい》（技術《ぎじゅつ》において）、友人なれば夫として交《まじ》わるには尊敬《そんけい》を生《しょう》ずること、女の表情に対し男子の無知《むち》なること、白髪《はくはつ》なること、低級《ていきゅう》の種族《しゅぞく》なること、男子《だんし》の熱心《ねっしん》さの欠乏《けつぼう》、時と場所を知らざるより。

21

かくて軽蔑《けいべつ》を生《しょう》ず。友人なるがゆえに情人《じょうにん》の感《かん》なき、婦女《ふじょ》の心を知らざるがゆえに阻喪《そそう》を感《かん》ずること、尊貴《そんき》なること、秘密《ひみつ》を発露《はつろ》すること、知られたる時には、親族《しんぞく》より擯斥《ひんせき》せらるべしとの恐怖《きょうふ》。

22

以上（通《つう》ぜんと）欲《ほっ》するもののために、婦女《ふじょ》の回避《かいひ》の条々《じょうじょう》を説《と》けり。前に説《と》ける五項目《ごこうもく》の回避《かいひ》に対しては愛の増加《ぞうか》がなさるべし。

（註）五項とは註《ちゅう》によるに怯弱《きょうじゃく》、尊重《そんちょう》、侮蔑《ぶべつ》、阻喪《そそう》、恐怖《きょうふ》、これなり。このうち最初の三つは男子に関し、後ろの二つは婦女《ふじょ》に関す。

23

怯弱《きょうじゃく》に対しては適当《てきとう》に明らかなる方便《ほうべん》がなさるべし。尊重《そんちょう》には親近《しんきん》を加え、侮蔑《ぶべつ》には智《ち》をもって技巧《ぎこう》と享楽《きょうらく》をほどこし、阻喪《そそう》には跪拝《きはい》、恐怖《きょうふ》には信頼《しんらい》せしめて、もって回復《かいふく》をなすべし。

【婦女《ふじょ》にとって容易《ようい》に得らるべき男子】

24

勇者《ゆうしゃ》、時宜《じぎ》に適《てき》せる対話《たいわ》をなすもの、愛の技巧《ぎこう》に達《たっ》せるもの、愛人《あいじん》の業《ぎょう》をなすもの、社交《しゃこう》の人、大胆《だいたん》なるもの、趣味家《しゅみか》、きわめて若《わか》く、もしくは富《と》める人。

25

幼年時代《ようねんじだい》より友《とも》たり、遊戯《ゆうぎ》の事《こと》等によって信頼《しんらい》を生《しょう》じ、物語《ものがたり》、手工《しゅこう》に堪能《たんのう》なるある他《ほか》のものは、恋《こい》の使いの役目《やくめ》をなす。

26

芸能《げいのう》なきも弱点《じゃくてん》を知り（彼女の）友と交《まじ》わり、ともに衣服《いふく》を着《つ》け、食事《しょくじ》し、美して、家柄聞《いえがらき》こえたる義兄弟《ぎきょうだい》。

27

従者《じゅうしゃ》にても愛の技巧《ぎこう》あり、家に隣接《りんせつ》して住《す》むかくのごときもの、義姉妹《ぎしてい》の家族、勤勉《きんべん》なるもの、ほどこしを好むもの。

28

社交《しゃこう》、趣味《しゅみ》を知るもの、牡牛族《ヴリシャ》と知られたるもの、（婦女《ふじょ》の）夫よりもはるかに性能《せいのう》のすぐれたるもの、願《アビマタ》いはしかるべき（あるいは常恒《サンタタ》の）大《だい》なる値《ね》ある、家の行事《ぎょうじ》（に熟達《じゅくたつ》せるもの）。

（註）この一項意義《いっこういぎ》つまびらかならず。これらの男子は婦女《ふじょ》において成功《せいこう》す。

【努力《どりょく》せずして得《え》らるべき婦女《ふじょ》】

29

戸口《とぐち》に立つ習慣《しゅうかん》あるもの、（男子に）眺《なが》められて流《なが》し目《め》するもの、夫に対して怒《おこ》るもの、夫に捨てられたるもの、子なきもの、過失《かしつ》なくして軽《かる》んぜられたるもの。

30

恥《は》ずることなきもの、石女、会合《かいごう》を催《もよお》す習慣《しゅうかん》あるもの、子《こ》をうしないたるもの、もしくは過失《かしつ》によって同棲婦《サバトニー》よりいたずらに虐《しいた》げられたるもの、(この種の婦女《ふじょ》)は拒《こば》むことなし。

31

幼齢《バーラー》(十六歳までの女)にして夫をうしなえるもの、快楽《かいらく》に耽《ふけ》るもの、貧《まず》しきもの、夫に離《はな》れたるもの、夫の愚《おろ》かさに困惑《こんわく》せるもの、愛の技能《ぎのう》に熟達《じゅくたつ》せるもの。

32

長兄《ちょうけい》の妻、夫の兄弟《きょうだい》多くもてる、夫旅《たび》に出《い》でたるもの、同棲婦《どうせいふ》より劣《おと》りたるもの、常に親族《しんぞく》の家に住《じゅう》するもの、嫉妬《しっと》の夫をもつもの、慢心《まんしん》なるもの。

33

なんらかの理由《りゆう》により、いまだ結婚《けっこん》するにいたらざるもの、若《わか》くして婚約《こんやく》したるもの、その（男）に本来《ほんらい》愛《あい》を有《ゆう》せるもの。

34

旅芸人《たびげいにん》、不具者《しょうがいしゃ》、短身《たんしん》のもの、悪臭《あくしゅう》あるもの、村邑《そんゆう》のもの、（癩《らい》等の）病者の妻、卑賤者《ひせんしゃ》、弱精者《じゃくせいしゃ》の妻、これらは努力をもちいずして得らるべし。

35

婦女《ふじょ》の左足において親指《おやゆび》の尖端《せんたん》が第二指《だいにし》より長き、もしくは第三指《だいさんし》（中指《なかゆび》）が尖端短《せんたんみじか》き、もしくは最小指《さいしょうゆび》が地《ち》に触《ふ》れざる。

36

もしくはこの中間《ちゅうかん》の二指《にし》（中指《なかゆび》と薬指《くすりゆび》）が（地《ち》に触《ふ》れざる）、斜視《しゃし》なると、紅顔《こうがん》なるとは不貞淑《ふていしゅく》なる婦女《ふじょ》なりとサームドラの賢者《けんじゃ》等は説《と》けり。理由《りゆう》なきに笑顔《ハサナトウンディー》する婦女《ふじょ》また然《しか》り。

（註）原語笑嘴という。訳は註釈《ちゅうしゃく》によれり。

【総結《そうけつ》】

37

男子は自己の成就性《じょうじゅせい》を知り、婦女《ふじょ》の諸相《しょそう》を決定し、回避《かいひ》の条項《じょうこう》を除去《じょきょ》して、婦女《ふじょ》において成就《じょうじゅ》すべし。

38

欲望《よくぼう》は自然に生《しょう》じ、行事《ぎょうじ》によって強《つよ》からしめ、覚醒《かくせい》せしめらるべく、清《きよ》めらるべく、静《しず》かに、堅固《けんご》に、常恒《じょうこう》なるべし。

39

最初に己《おのれ》に大胆《だいたん》なる、もしくは言語《げんご》拘束《こうそく》せられざる婦女《ふじょ》に対しては、自身にこれにあたるべきなり。これに反《はん》するものは仲媒《ちゅうばい》を用う。

【総則《そうそく》】

40

自身になすべき時《とき》の行事において、最初、情事《じょうじ》に関《かん》せず、愛を示すべし。しばしば愛の意味を含《ふく》ませる眼《め》の使《つか》い（秋波《しゅうは》など）を送るべし。

41

髪《かみ》の解《と》き結《むす》びをなし、自己の体に爪《つめ》

の痕《あと》をつけ、しばしば粧身具《しょうしんぐ》の響《ひび》きをなし、唇《くちびる》を噛《か》むべし。

42

愛人《あいじん》、朋友《ほうゆう》の膝《ひざ》により、身体を近く寄《よ》せてあくびし、吃音《きつおん》の語にて話し、しばしば一条《いちじょう》の眉《まゆ》を屈曲《くっきょく》せしむべし。

43

他事《たじ》に託《たく》して、侍女《じじょ》とともにその話によって立つべし。尊敬《そんけい》をもって彼女の語を聞くべし。（なんらか）仮託《かたく》をもって希望《きぼう》を語るべし。

44

友もしくは児女《じじょ》において、彼女に対してなすごとくに、接触《せっしょく》、抱擁《ほうよう》をなすべし。児女《じじょ》の愛撫《あいぶ》に仮託《かたく》して彼女の膝《ひざ》に、身に、軽く触《さわ》るべし。

45

小児《しょうに》の玩具《おもちゃ》などの取《と》り扱《あつか》いにおいて、それに仮託《かたく》して話をなすべし。世間話《せけんばなし》をなす間に、喜《き》を生《しょう》じて相往来《あいおうらい》するにいたる。

46

聴《き》き入れる彼女に対し、知らざるが

ごとくに、うるわしき愛経《あいきょう》の物語をなし、かくて愛の生《しょう》ぜし時、誓言《せいごん》をなすべし。

47

もしくは毎日幾度《いくど》となく、贈品《ぞうひん》によって関係《かんけい》するところあるべし。かくて自己の妻妾《さいしょう》とともに気のおかれぬ会合《かいごう》において、彼女と相会《あいかい》すべし。

48

彼女売買《ばいばい》に熱心《ねっしん》ならば、自己もそれに熱心《ねっしん》なるべし。他人なりとの思慮《しりょ》の弱点《じゃくてん》を防《ふせ》ぎて、愛の連鎖《れんさ》を作るべし。

49

彼女の侍女《じじょ》たち、もしくは彼女とともに、イティハーサ等の物語において、もしくは事件《じけん》や性格《せいかく》の上に諍論《じょうろん》を惹起《じゃっき》し、賭《か》けをなして事柄《ことがら》の成り行きを彼女に尋《たず》ぬべし。

50

かくのごとく愛を生《しょう》ぜしめ、彼女の表号《ひょうごう》を省察《せいさつ》すべし。面々相接《めんめんあいせつ》して相見《あいみ》え、時々また羞恥《しゅうち》の表情《ひょうじょう》をなす。

51

事《こと》に託《たく》してわずかの間、美しき体を示《しめ》し、足をもって地上に画《か》き、密《ひそ》かに、微笑《びしょう》して、十分《じゅうぶん》にもあらず、不十分《ふじゅうぶん》にもあらず、ゆるやかに眺《なが》む。

52〜53

愛を示して膝《ひざ》の上の小児《しょうに》を抱擁《ほうよう》し、接吻《せっぷん》し語《かた》る。なんらかにて（男子に）触《ふ》れられて俯面《ふめん》し、言語の次第《しだい》明瞭《めいりょう》ならず。笑《わら》いにまぎらせて語り、ことさらに長くそのそばに立ち、追随《ついずい》し「我をして見せしめよ」となんらか声高《こわだか》に語る。

54

彼が常に見るところに、仮託《かたく》の物語をなし、常にそのあたえしところを帯《お》び、かたわらにありてなんらかを見ては笑う。

55

愛する友の膝《ひざ》の上によりて、種々《しゅしゅ》の嬌態《きょうたい》をなす。嬌態《きょうたい》、賭《か》けごと、物語をその侍女《じじょ》等とともになす。

56

その侍女《じじょ》より彼の話を聞き、自己の

ごとくに彼に告《つ》ぐ。彼の友に信頼《しんらい》し、愛よりその（友）の言語を実行《じっこう》す。

57

装飾《そうしょく》を着《つ》けずして、彼に顔を見せず。彼に請《こ》われて、遅々《ちち》として花《はな》かざり等を侍女《じじょ》の手に渡す。

58

溜息《ためいき》し、流《なが》し目《め》し、手もて自らの胸をおさえ、衣服をあたえ、指節《しせつ》を鳴《な》らす。

59

恥《は》ずかしげに曖昧《あいまい》に語り、あくびし、

花などにて打ち、うるわしきケシの花を飾《かざ》り、侍女《じじょ》の腰部《ようぶ》に触《さわ》る。

60～61

いたく咳入《せきい》り、髪《かみ》を解《と》き、ことさらにその家に行き、手、足、指、顔において汗《あせ》し、両腕《りょううで》をもって（これをぬぐい）、いかなる彼の婦女《ふじょ》がすぐれたるか、いくばくの、いかなる（婦女《ふじょ》に）彼は常に戯楽《ぎがく》せるか、かくのごとき等のことを、彼の近侍者《きんじしゃ》に密《ひそ》かに愛を含《ふく》みて尋《たず》ぬ。

62

かく表号《ひょうごう》を示せる婦女《ふじょ》において、接触《せっしょく》等の抱擁《ほうよう》を行《おこ》なうべし。水中《すいちゅう》にて知られずに彼女の乳房《ちぶさ》、ヨーニ《女性器》に触《さわ》るべし。

63

誰にもあれ、病気《びょうき》にかかり、滞留《たいりゅう》の仮託《かたく》をもって、そこに来たりたる彼女に対して、手を頭と眼とに懸《か》け、彼は毛髪竪立《もうはつじゅりつ》を与《あた》うべし。

64

愛をもってうるわしき、かくのごとき二重《にじゅう》の意義《いぎ》を含《ふく》む語を語るべし。「うるわしき顔もつものよ、我が苦痛《くつう》を鎮《しず》めよ。汝《なんじ》はその（苦痛《くつう》の）原因《げんいん》を考えよ《カラヤ》」

（註）このカラヤの語に「知れ」と「考えよ」の両義《りょうぎ》あり。したがってこの一語は「汝《なんじ》は実にその苦痛《くつう》の原因《げんいん》なりと知れ」とも解《かい》し得。

65

「うるわしき身体もてるものよ。我につれなきことが、いかにして汝《なんじ》の善《よ》き性質《せいしつ》の結果《けっか》にふさわしかるべき」。かくて薬草《やくそう》等の磨砕《まさい》の方法を彼女にほどこすべし。

66

爪《つめ》を触れてタンブーラ、花、等の贈与《ぞうよ》をなすべし。爪《つめ》、歯の痕《あと》（原語《げんご》パダラとあり。クシャタと註《ちゅう》せり）にて標《しるし》づけたるタンブーラ等を彼女に与《あた》うべし。

67

かくて密《ひそ》かにあらしめて十分なる抱擁《ほうよう》等の悦楽《えつらく》を得《う》べし。長き翹望《ぎょうぼう》を集めたる深き愛情の規定《きてい》をもって次第に（快楽を得《う》べし）。

68

真の暗《やみ》、夜半において、婦女《ふじょ》は愛に専心《せんしん》にして欲情《よくじょう》を有《ゆう》す。その時において、性交《せいこう》をなすべし。彼女は決して男子を捨てず。

【媾交《こうこう》をなすべからざる場合】

69

境界《きょうかい》を知れる老人《ろうじん》の住《じゅう》するところ、そは遠離《えんり》せらるべし。一の（婦女《ふじょ》）に通《つう》ずるところ、他の（婦女《ふじょ》）を犯《おか》すべからず。

70

躍進《やくしん》する時、婦女《ふじょ》の状態《じょうたい》の省察《せいさつ》は努力《どりょく》をもってなさるべし。もし躍進《やくしん》を受け入れながら愛情《あいじょう》を示さず。

71

しかも躍進《やくしん》をなさざるものは、仲立《なかだ》ちによって成就《じょうじゅ》すと知れ。疑《ぎ》において心動転《こころどうてん》せる彼女は、漸次《ぜんじ》に得《え》らるべし。

72

躍進《やくしん》を受け入れざるも、人なきところにおいて、うるわしき装飾《そうしょく》をつけ、自らを示《しめ》す彼女はしいて得《え》らるべしと聖者《せいじゃ》はいえり。

73

相会《あいかい》し、躍進《やくしん》に堪《た》うる彼女は、愛の中断《ちゅうだん》によって得らる。求《もと》められて避《さ》くる彼女は、自己の誇《ほこ》りのために決して相会《あいかい》せず。

74

男子を尊敬《そんけい》するがゆえに拒《こば》まざるは、困難《こんなん》をもって得《え》らる。拒《こば》みても喜《よろこ》ぶ彼女は得《え》やすし。

75

怜悧《れいり》と称《しょう》せられ、なおその上にもこれを明《あき》らかにせんとするものは得らる。自己に対し、第一に尋《たず》ぬるものは第一に得らる。

【総集《そうしゅう》】

76

堅固《けんご》にして臆病《おくびょう》なる省察性《せいさつせい》の婦女《ふじょ》において、これらの微細《びさい》なる規定《きてい》は説《と》かれたり。うち開《ひら》きたる婦女《ふじょ》は得やすし。

【三種の使者】

77

今や使者《ししゃ》のなすべきことを要約《ようやく》して説《と》くべし。最初は多くの行儀作法《ぎょうぎさほう》、説話《せつわ》などによって婦女《ふじょ》に取り入るべし。

78

美をもって聞こえ、幸福《こうふく》をもたらす呪術《じゅじゅつ》、薬物《やくぶつ》、詩文《しぶん》、愛の秘義《ひぎ》などの造詣《ぞうけい》を示《しめ》すべし。信頼《しんらい》を生《しょう》ぜしめていうべし。

79

御身《おんみ》は容貌《ようぼう》すぐれ、技芸《ぎげい》に長《ちょう》ぜり。しかるにかくのごとき、夫《おっと》につれ添《そ》うとはなにごとぞや。ああ運命《うんめい》の逆転《ぎゃくてん》は、御身《おんみ》の青春《せいしゅん》を嘲笑《ちょうしょう》せり。

80

嫉妬《しっと》深《ぶか》く、無智《むち》にして、無能《むのう》、諂偽《てんぎ》、痴呆《ちほう》、汝《なんじ》の奴隷《どれい》としてすらもこれに適《かな》わしからず。彼が夫ならんとは、ああなにごとぞや、うんぬん。

81

夫の過失《かしつ》を数《かぞ》え挙《あ》げて、彼女に嫌悪《けんお》の念《ねん》を生《しょう》ぜしむ。後悔《こうかい》の念を生《しょう》ぜし時、彼女はなおも彼の過失《かしつ》を説《と》き出すべし。

82

（欠《か》く）。

83

なんらかの造詣《ぞうけい》あることによって、情人《じょうにん》の美点《びてん》を数《かぞ》え挙《あ》ぐべし。好愛《こうあい》の情《じょう》を生《しょう》ぜしめていうべし。貴夫人《きふじん》よ、この種々《しゅじゅ》の美点《びてん》を聞《き》きたまうべし。

84

何にもあれ、彼の美点《びてん》を（聞《き》きたま

え)。彼は若《わか》くして花《はな》のごとくたおやかなり。おお汝《なんじ》の友よ、彼は汝《なんじ》の美しき蛇《へび》のごときまなざしに咬《か》まれて、まさに死の危険に瀕《ひん》せり。

85

溜息《ためいき》つき、発汗《はっかん》し、失神《しっしん》し、発熱《はつねつ》し、これ以上には堪《た》うべからず。汝《なんじ》の月《つき》の顔《かお》ばせより甘露《かんろ》の味《あじ》を得《え》ずしては、彼は死するより外《ほか》にみちなし。

86

貴《とうと》き婦人《ふじん》よ、彼は夢にすらも何時《いっ》にても、かくのごとき変化《へんか》はあらざりしなり。かくいいて彼女もし傾聴《けいちょう》せば、次の日、相会《あいかい》して語るべし。

87

アハールヤー等の賞讃《しょうさん》さるべき婦女《ふじょ》の男子に会合《かいごう》せし事件《じけん》を物語《ものがた》り、かくのごとく結《むす》びつけられつつ、彼女の容貌《ようぼう》にあらわるる標号《ひょうごう》は看取《かんしゅ》せらるべし。

88

見て微笑《びしょう》を含《ふく》み語《かた》る、前に坐《ざ》す、食事《しょくじ》、臥床《がしょう》について尋《たず》ぬ、談話《だんわ》の機会《きかい》を示す、もしくは密《ひそ》かに会合《かいごう》をなす。

89

溜息《ためいき》する、もしくはあくびする、もしくはなんらか自分の所有物《しょゆうぶつ》をその使いものに与《あた》うる、使いのものに（いつ）再度《さいど》来るかと語る、「何たる話し上手な女なるよ」。

90

「何たるつまらない話よ」などと語る、かく語りてその話に聞き入る。「いかに汝《なんじ》の語を我《われ》なさざる、しかし我が夫なる彼は、はなはだしく移《うつ》り気なれば」。

91

かくて笑い、彼の欠点《けってん》を聞きて嘲笑《ちょうしょう》するもののごとく一層《いっそう》（笑う）。かくのごとく明白《めいはく》なる標号《ひょうごう》を見て、贈《おく》りものをなすべし。

92

ベテル、花、塗油《とゆ》の贈与《ぞうよ》をもってさらに増加《ぞうか》すべし。かくのごとくよくつとめ、よく企図《きと》せられたる（使者《ししゃ》）は、最後《さいご》に多くは結婚《けっこん》の楽《らく》に達せしむ。

93

花園《はなぞの》（に花摘む）時、酒《さけ》飲む時、巡礼《じゅんれい》の時、水浴《すいよく》の時、火災《かさい》の時、もしくは非常な心配の後、生まれたる家において男女は相会《あいかい》すべし。

【使者《ししゃ》の種類】

94～95

自分の思慮《しりょ》をもって、あるいは一人について願《ねが》われたるなすべきことを知って始《はじ》むるものを、信頼使者《ニスリシュタアルトハドゥーティー》という。標号《ひょうごう》によってなすべきことを確かめて、残《のこ》りの部分を自ら成就《じょうじゅ》する、これを限定使者《パリミアルトハドゥーティー》という。男女の間に音信《おんしん》を携《たずさ》え行くもの、これを帯書使者《パトラハーリー》という。

96

使者《ししゃ》たるまねして、他の男子のもとへ行き、自らの美点《びてん》をたくみに知らしめ、自らの利益《りえき》を成就《じょうじゅ》する、これを利己使者《スヴァンドゥーティー》という。

97

努力《どりょく》をもって男の方の物知《ものし》らぬ妻《つま》を信頼《しんらい》せしめ、夫の秘密《ひみつ》を尋《たず》ね、願《ねが》われたる標号《ひょうごう》を示されたる戸《こ》によって男子のもとに行く。これを沈黙《ムードハ》使者という。

98

また男子は自己の妻をもちいて、かくのごとく役立《やくだ》て情意《じょうい》を示す。これ妻女使者《ブハールヤードウーティー》なり。

99

幼年《ようねん》の、もしくは過失《かしつ》を知らざる侍女《じじょ》を送る。この時、常に花鬘《はなかずら》、もしくは耳かざりの中に信書《しんしょ》が隠《かく》されてあり。

100

その幼女《ようじょ》は、自分のなすべきことを知らず。花鬘《はなかずら》、耳《みみ》かざりの上に爪痕《つめあと》、歯痕《はあと》を付着《ふちょく》して送らるる時、これを唖の使《ムーカドウーティー》いという。

101

二重《にじゅう》の意味を含《ふく》める、前にいわれたる言葉、もしくは他によって知られがたき言葉が、誰か他の事柄《ことがら》を知らぬ女に聞《き》かしめらるる時、これを風の使い《ヴータドウーティー》という。

102〜103

婦人もまたかくのごとく恐るるところなく、それに対してなすべし。婢女、侍友、少女、寡婦《かふ》、占い女、他家に雇《やと》わるる女、花鬘《はなかずら》づくり、香料《こうりょう》づくり、洗濯女《せんたくおんな》、女行者《おんなぎょうしゃ》、乳酪油《にゅうらくゆ》など売る女、乳母《うば》、隣《となり》に住む女、これらの女は通常《つうじょう》使いの役目《やくめ》をなす。

104

オウム、シャーリカー鳥なども、恋愛《れんあい》の技巧《ぎこう》に長《た》けたるものにとっては、同様《どうよう》の役目《やくめ》をなす。婢女等によって後宮《こうきゅう》へもたくみなる、ある方法をもって入ることは説《と》かれたるも、その種のことは現当両界《げんとうりょうかい》の非難《ひなん》するところなれば説《と》かず。

以上聖コッコーカ作『性愛《せいあい》秘義』
の中、人妻《ひとづま》親近篇第十三　終

（註）8は底本にも記載なし。

चौदहवाँ अध्याय

कामसूत्र के सांप्रयोगिक, कन्यासंप्रयुक्तक, भार्याधिकारिक, पारदारिक एवं औपनिषदिक अधिकरणों के आधार ग्रहण करते हुये पण्डित पारिभद्र के पौत्र तथा पण्डित तेजोक के पुत्र आचार्य कोक्कोक द्वारा रचित यह ग्रन्थ ५५५ श्लोकों एवं १५ परिच्छेदों में निबद्ध है। आचार्य कोक्कोक ने इस ग्रन्थ की रचना किसी वैन्यदत्त के मनोविनोदार्थ की थी।

第 14 篇
制 御

1

性愛《せいあい》の技術《ぎじゅつ》に関《かん》する論説《ろんせつ》を終わり、今や我は声の海《うみ》なる、呪文《じゅもん》を含《ふく》める、全《まった》きシヴァ神の帯《たい》なる、関係せる一百の規定《きてい》、三種の医典《いてん》とシヴァ神の教説《きょうせつ》なる多くの法規《ほうき》を見《み》、古聖《こせい》の承認《しょうにん》せる教規《きょうき》を約説《やくせつ》すべし。

2

男女相互《そうご》の愛の装飾《そうしょく》なる、享楽《きょうらく》の遊戯《ゆうぎ》なる性愛《せいあい》は、そこに存《そん》す。倶生《くしょう》なると、付加《ふか》なるとの区別《くべつ》によって愛は二種に分《わ》かる。

3

強《つよ》い（弱《よわ》い）等の区別《くべつ》より、古聖《こせい》はこれを二分《にぶん》せり。その区分中《くぶんちゅう》にかくのごとく呪術《じゅじゅつ》、薬物《やくぶつ》の方法《ほうほう》は説《と》かる。

4

（愛神《カーマ》の呪《じゅ》）十万遍《じゅうまんべん》を誦《しょう》し、その第十番目（すなわち一万遍《いちまんべん》）ごとにこれをキンシュカの花をもって供《そな》うれば、彼は成就《じょうじゅ》を得《う》べし。この時、灯火《ともしび》の尖端《せんたん》の光は、呼吸《こきゅう》によってヨーニ《女性器》の中に入る。

（註）愛神《カーマ》の死とは、註によるに

「オーム、クリーン、ナマフ」。

5

頭の蓮華《れんげ》にいたれば、甘露《かんろ》を滴《したた》らしつつ、愛の蓮華《れんげ》（註オルガズムスをいう）に来たる。かく念《ねん》ずれば最後満足《まんぞく》を促進《そくしん》せしめ、常に愛神《カーマ》は婦女《ふじょ》をひく。

【愛神《カーマ》の呪法《じゅほう》】

6

はじめに愛神《カーマ》の呪《じゅ》、次に制御《せいぎょ》せらるべき婦女《ふじょ》の名、次に「導《みちび》け、導《みちび》け」の語（アーナヤ、ナヤ）、最後にクシャムの語（異本《いほん》にはクラウム）、オームの語。

7

キンシュカもしくはカダムバの花をもって（愛神《カーマ》の呪《じゅ》）一万遍《いちまんべん》を誦《しょう》し、その第十番目ごとにこれを供《そな》うれば、彼は成就《じょうじゅ》を得《う》べし。この呪《じゅ》を持《じ》するものは、夜において容色《ようしょく》ある婦女《ふじょ》をひく。

8

クンダリニー（シャクティ女神のこと）（の神秘力《しんぴりょく》）は胸において、ヨーニ《女性器》において、念《ねん》ぜらるべし。彼は常《つね》に輝く容色《ようしょく》ある婦女《ふじょ》をひき、制御《せいぎょ》し、満足《まんぞく》を促進《そくしん》せしむ。

9

この呪《じゅ》を誦《しょう》すること七十万遍《ななじゅうまんべん》せば、愛神《カーマ》は愛人《あいじん》たちの中に、ヴァーチャスパティ（言語《げんご》の神）は言語《げんご》の中に、ガルタは毒《どく》の中に現形《げんけい》すべし。

10

パータラーの花を誦念《しょうねん》すること二万遍《にまんべん》、そのなかばにこれを供《そな》うれば、成就《じょうじゅ》を得《う》べし。

11

黄、白、黒、紅色（の花）をもって、序のごとく、首、胸、顔、ヨーニ《女性器》において念《ねん》ずれば、王と敵とヴァーニー（サラスヴァティーの神）と婦女《ふじょ》を制御《せいぎょ》し得《う》べし。

12

「オーム、マダ、マダ、マーダヤ、マーダヤ、ハン、サウン、フリーン、ルーピニーン、スヴァーハー」

この（呪《じゅ》）を誦《しょう》すること一万遍《いちまんべん》、アルナの花をもって一千遍《いっせんべん》ごとに供《そな》うれば、成就《じょうじゅ》を得《う》べし。（これをマーダヤマーダヤ呪《じゅ》と称《しょう》す）。

13

かくてヨーニ《女性器》に左手の指をおきて誦念《しょうねん》すれば、サトウキビの茎《くき》を圧迫《あっぱく》するがごとく、すみやかに婦女《ふじょ》をして快感《かいかん》に越《おもむ》かしむ。

14

日の出の時の誦念《しょうねん》によって心月輪《フリツドレークハー》と称《しょう》する呪十万遍《じゅじゅうまんべん》を誦《しょう》して、一万遍《いちまんべん》ごとにケシの実を供《そな》うれば、ドゥルガー女神をすらもひくを得《う》べし。

（註）心月輪呪《しんげつりんじゅ》は註によるに左のごとし。

「オーム、フリッルレークヘー、マニドラヴェー、カーマルーピニー、スヴァーハー」

15

また誦《しょう》すること二十万遍《にじゅうまんべん》、なかばにカダムバの花を供《そな》うれば、成就《じょうじゅ》を得《う》べし。またはタットヴァ（二十五諦《にじゅうごたい》のこと）を黙誦《もくしょう》すればサティー（貞婦《ていふ》、夫《おっと》、死すれば、火中《かちゅう》に入りて殉死《じゅんし》する婦女《ふじょ》）をもすみやかに制御《せいぎょ》し得《う》べし。（二十五諦《にじゅうごたい》とはサーンキヤ哲学《てつがく》における万有《ばんゆう》の分類《ぶんるい》なり。註《ちゅう》によるに今の意味《いみ》は、क（カ）よりはじめてम（マ）にいたる字母《じぼ》のことなり。これが二十五諦《にじゅうごたい》を表示《ひょうじ》するものと見ゆ）。

16

ナーディー（蔬菜《そさい》の名、つまびらかならず）と、ターダ（不詳《ふしょう》）の種子《しゅし》を牛黄《ごおう》（牝牛《めうし》の尿《にょう》もしくは胆汁《たんじゅう》より造《つく》られたる黄色の薬物《やくぶつ》）を混《ま》じて、未婚《みこん》の少女をして搗《つ》き砕《くだ》かしむ。これを頭上に撒布《さんぷ》して七十万遍《ななじゅうまんべん》、誦念《しょうねん》すれば、すみやかに制御《せいぎょ》し得《う》べし。

この呪《じゅ》は七十万遍呪《ななじゅうまんべんじゅ》といい、すなわち次のごとし。

「オーム、クローン、フリーン、シュリーン、ドハン、スヴァーハー」

17

「オーム、チャムンデー、フル、フル（異本フラ、フラ）、**チュルチュル**（異本チュラ、チュラ）、**ヴァシャーム、アーナヤ、アムキーン、スヴァーハー」**

（アムカ（女性アムキー）とは名を示《しめ》さざるある特定《とくてい》の一人にして、「なにがし」というがごとし。ここへは相手の婦女《ふじょ》の名を入るものと知るべし)。(この呪《じゅ》を)七度《ななど》誦《しょう》してベテルを与《あた》うれば御《ぎょ》し得《う》べし。

18

「オーム、チャームンデー、ジャヤ、ジャムブヘー、モーハヤ、ヴァシャーム、アーナヤ、アムキーン、スヴァーハー」

花をあたえてこの呪《じゅ》を誦《しょう》す。このオーム以下の呪《じゅ》は、制御《せいぎょ》に効験《こうけん》あり。

19〜20

死人の頭に懸《か》けたる花環《はなわ》、共命鳥《ジーヴンジーヴ》

(チャコーラのこと)、孔雀《くじゃく》の骨《ほね》、暴風《ぼうふう》にひるがえる葉《は》を左の手にて取《と》り、これらを粉末《ふんまつ》となし、男は足において、女は頭において撒布《さんぷ》し、黒眼《クリシュナアクシー》の呪をもってドハヴァラの花を与《あた》うれば、これを制御《せいぎょ》し得《う》べし。

黒眼呪《くろめじゅ》とは註《ちゅう》によるに、

「オーム、クリシュナークシー、クリシュナムクヒー、クリシュナサルヴァーンギー、ヤスヤ、ハステー、プシュパン、ダースヤーミ、タム、アヴァシュヤン、ヴァシャマーナヤ、

ヤデイ、ナ、ブハヴァティ、タダー、ブラフマハー、ルドロー、ブハヴァティ」

訳、「黒眼《くろめ》、黒顔、黒全身、我、その手に花を与《あた》うべし。必定《ひつじょう》して彼を導《みちび》け、もししからずば、その時はバラモン殺《ごろ》しのルドラであるべし」となる。

21

勢力《せいりょく》を与《あた》うるクンダリニー（女神《めがみ》の名）に飾《かざ》られたる点符を結合《けつごう》せる（鼻音符号《びおんふごう》のこと）、シャムブフ（の呪《じゅ》）を二十八遍、性交《せいこう》において誦《しょう》すれば、婦女《ふじょ》を制御《せいぎょ》し得《う》べし。（この下異本、次の語あり、「風が左の鼻孔《びこう》を通る時にとはこれ慣習《かんしゅう》なり」）。

呪《じゅ》は註《ちゅう》によるに左のごとし。

「オーム、フリーン、ナマフ、プラスクリトヤ、シャンブハヴェー」

22

ヨーニ《女性器》の口において水精《すいしょう》のごとき、व（ヴァ）字を観《かん》じ、リンガ《男性器》において火の種子《しゅし》र（ラ）字を思えば、性交《せいこう》に臨《のぞ》み、一層《いっそう》よく婦女《ふじょ》を制御《せいぎょ》し得《う》べし。

23

左身《ひだりみ》において左眼《ひだりめ》、左手をもって、左方《さほう》を通過《つうか》する風において、かくのごとく胸、腿《もも》、手、ヨーニ《女性器》においても強く動作《どうさ》すべきなり。

24

死者の花鬘《はなかずら》、風にひるがえる葉《は》、蜂蜜《はちみつ》の双翅《そうし》を交《ま》ぜ、象牙《ぞうげ》の一対《いっつい》の粉末《ふんまつ》とともに撒布《さんぷ》すれば、必ず満足《まんぞく》を得《え》しむ。

25

同時に火葬《かそう》せられたる夫婦《ふうふ》の火葬杖《かそうづえ》（火葬《かそう》をなす時に用《もち》うる杖《づえ》）を取って、（男子が）婦女《ふじょ》を打つ時は、その婦女《ふじょ》は必ずその男子に従《したが》い行くべし。

26

狂犬《きょうけん》の右方《うほう》の骨面《こつめん》に婦女《ふじょ》の名を書き、火葬《かそう》の柴《しば》堆の炭火《すみび》をもって焼《や》く時は、彼女は必ず従《したが》うべし。

27～28

モーハラター、ギリカルニー、ルダンティカー、ジャーテイカー、アヴァークブシュピー、ルドラジャターおよびクリターンジャリに乳酪《にゅうらく》と蜜《みつ》を混《ま》じ、額上《ひたいうえ》の標号《ひょうごう》となす時は、三界《さんかい》を征服《せいふく》し得《う》べく、これに自体《じたい》の垢《あか》を交《まじ》えて、あるいは飲《の》み、あるいは食《しょく》する時は、全世界《ぜんせかい》を征服《せいふく》し得《う》べし。

註《ちゅう》によるに自体の垢《あか》というに二《に》義《ぎ》あり。薬指《くすりゆび》の血、心臓の粘液質《ねんえきしつ》（シュレーシュマン）［あるいは単に垢《あか》］、鼻の垢《あか》、眼の垢《あか》、外の垢《あか》、これを五垢という。また一説にはいう。汗、唾《つば》、血、尿《にょう》、精液《せいえき》、これを五垢という。

29

カーカジャングハーに付着《ふちゃく》する虫を粉末《ふんまつ》にして与《あた》うれば、制御《せいぎょ》し得《う》べし。もしくは硼砂《ほうさ》に、ムニの葉の汁液《じゅうえき》を滴《したた》らせ、身体の垢《あか》を交《まじ》えたるものも可《か》なり。

30

蝿《はえ》の粉《こな》を、黒色の牝犬《めすいぬ》の乳房《ちぶさ》に混和《こんわ》して粉末《ふんまつ》となし、自己の精液《せいえき》を混じて与《あた》うれば、ヴァシュシュタ仙の妻をすらも制御《せいぎょ》し得《う》べし。

31

象のマダ液、ガダ、白きケシ、赤きカラヴィーラの花と乳酪《にゅうらく》を混和し、白きラヴィジャター（註にはアルカの根とあり）、野羊《やぎ》の角と蜜と五体の垢《あか》を混和し。

32

ケシを入れたる水に搗《つ》き砕き、飲食とともに与《あた》うれば、最上の制御《せいぎょ》力あり。

33

ヴァシュリーの片、赤砒石《あかひせき》、硫黄《いおう》粉をよく乾かして一層粉末《ふんまつ》となし、これに蜜を混合してリンガ《男性器》に塗布《とふ》すべし。

34

この粉末《ふんまつ》に赤き猿《さる》の糞《ふん》を混合して、少女の頭上に撒布《さんぷ》すれば不相応《ふそうおう》なる男子といえども、愛すべきその少女と婚《こん》し得《う》べし。

35～36

ヴァタ、ユヴァティー（註によるにプリヤング）、センダン、ショウガ、サルジャ、クシュトハ、白ケシ、これらをもって全身を燻《くん》ずれば、すべての人に対して制御《せいぎょ》力を得《う》べし。クシュトハ、青蓮《しょうれん》の弁、蜜蜂《みつばち》の翅《はね》、タガラの根、カーカジャングハの粉末《ふんまつ》を、薬指《くすりゆび》の血《ち》にまぜて頭上に撒布《さんぷ》すれば同様《どうよう》の効験《こうけん》あり。

37

青蓮《しょうれん》の舞《まい》、ダンドートバラ（註サハデーヴィー）、ブナルナヴァー、サーリヴァー（註にゴーピーとあり）にて作られ、煉薬状《れんやくじょう》になしたる膏油《こうゆ》を眼《め》のアブヒアンジャナ（薬料《やくりょう》、まぶたに塗《ぬ》る化粧品《けしょうひん》）とする時は、最上《さいじょう》の制御力《せいぎょりょく》を具《ぐ》すべしという。

38〜39

象《ぞう》に殺されたる人の眼、鼻、心臓《しんぞう》、リンガ《男性器》、舌《した》をもって、プシュヤの星の交会《こうかい》する夜、神聖《しんせい》なる場所において調《ととの》えられたる膏油《こうゆ》は、愛のかぎと呼ばる。これ大制御力《だいせいぎょりょく》ありとは、古聖《こせい》のいうところなり。飲料《いんりょう》に、食物に、接触《せっしょく》に、その法をもってすれば一切、制御力《せいぎょりょく》を生《しょう》ず。

40

ヴァス（註《ちゅう》に白きアルカ）、クシュトハ、センダン、グフスリナ（註《ちゅう》クンクマ、サフランのこと）、スラタル（註《ちゅう》デーヴァダール）、と蜜《みつ》とを混和《こんわ》したるものを如意珠《にょいじゅ》と呼ぶ。燻《くん》ずれば最勝《さいしょう》の制御力《せいぎょりょく》あり。

41

若き婦女《ふじょ》との歓楽《かんらく》において、婦女《ふじょ》を求《もと》むるにおいて、商品の販売《はんばい》において、この燻煙法《くんえんほう》は成就《じょうじゅ》をもたらすものなりと、ハラメークハラーカラは考《かんが》う。

42～43

腸《ちょう》を取り出したるチャタカ鳥の腹《はら》に自己の精液《せいえき》を入れ、もしくは自己の尿《にょう》を入れ、二つの皿《さら》にておおい、七日の間、火を焚《た》く場所におくべし。それを小丸となして食事の時に与《あた》うれば、ヴァシシュトハの妻をも、すみやかにひきつけ得《う》べし。

44～45

ガダの葉、ターリーサ、タガラを麻《あさ》の燈心《とうしん》に塗《ぬ》りつけ、白ケシの油を取りて、人間の髑髏《しゃれこうべ》において（燃やし）、その煤《すす》を婦女《ふじょ》の眼のアンジャナとなす時は、聖者《せいじゃ》の心をすら迷《まよ》わし得《う》べし。

46

自《みず》らの経血《けいけつ》を混入《こんにゅう》せるゴーローチャナー（牛の胆汁《たんじゅう》より造《つく》り、染料《せんりょう》に用《もち》うるもの）をもってティラカー（額上《ひたいうえ》の標号《ひょうごう》）を作る婦女《ふじょ》は世を制御《せいぎょ》し、彼女になんらの驚異《きょうい》もそこにあらざるべし。

47

もしサハデーヴィーの根《ね》を蝕《しょく》の時（日蝕《にっしょく》にても月蝕《げっしょく》にても）に取り、染料《せんりょう》に搗《つ》きて、これをもってテラカーを作る婦女《ふじょ》は、グルの家をすらも乱《みだ》すにいたるべし。

48

バラモンにパーヤサ（牛乳《ぎゅうにゅう》、米、砂糖《さとう》を混《ま》じて煮《に》たるもの）食物《しょくもつ》を与《あた》うる時、白き花のバラーの根《ね》を抜き、処女《しょじょ》によって搗《つ》き砕《くだ》かれたるものを、食物《しょくもつ》に混《ま》じて与《あた》うれば、これ嫌悪《けんお》の情《じょう》を除《のぞ》く最上《さいじょう》の法なり。

49

ジャティ、ピッパラの樹根《じゅこん》の、互《たが》いに抱合《ほうごう》して一つになれるところにある蟻《あり》の巣《す》の卵《たまご》をもって、胸に塗布《とふ》し、抱擁《ほうよう》すれば、婦女《ふじょ》の嫌悪《けんお》の念を取り去る。

50

白きドゥールヴァー、白きブリハティー、白きギリカルニーを根花《ねはな》ともに取ってベテルとともに与《あた》うれば、男女を制御《せいぎょ》し得《う》べきなり。

51

ラクダの骨、ブフリンガパクシャ（あるいはブフリンガラージャ）（註《ちゅう》にマールカヴァ）の煎汁《せんじゅう》をまじえたるものを二十一度黒焼《くろやき》となし、粉末《ふんまつ》となして、等量《とうりょう》のアンジャナとなすもまた可《か》なり。

52

ラクダの管状《かんじょう》の骨《ほね》の中に、ラクダの骨の小片《しょうへん》を混《ま》じて、製《せい》せられたるアンジャナは、これ一切《いっさい》の人をして言辞自在《げんじじざい》ならしむ。

53

人もし性交《せいこう》の終わりにおいて、自己の精液《せいえき》をもって、婦女《ふじょ》の左の眼《め》もしくは左の足に塗布《とふ》し、もしくは婦女《ふじょ》の心臓《しんぞう》に塗布《とふ》すれば、彼はその女の最上《さいじょう》の情人《じょうにん》たり得《う》べし。

以上、吉祥《きちじょう》なるコッコーカ作、
『性愛秘義《せいあい》』の中、
制御《せいぎょ》篇第十四　終

पंद्रहवाँ अध्याय

कामसूत्र के सांप्रयोगिक, कन्यासंप्रयुक्तक, भार्याधिकारिक, पारदारिक एवं औपनिषदिक अधिकरणों के आधार ग्रहण करते हुये पण्डित पारिभद्र के पौत्र तथा पण्डित तेजोक के पुत्र आचार्य कोक्कोक द्वारा रचित यह ग्रन्थ ५५५ श्लोकों एवं १५ परिच्छेदों में निबद्ध है। आचार्य कोक्कोक ने इस ग्रन्थ की रचना किसी वैन्यदत्त के मनोविनोदार्थ की थी।

第15篇

総説技術

【婦女《ふじょ》の快感促進法《かいかんそくしんほう》】

1〜3

樟脳《しょうのう》、硼砂《ほうさ》をもって、もしくはマドフケーサラの花粉《かふん》と木髄《もくずい》をもって、もしくはグホーシャの果実《かじつ》の粉末《ふんまつ》をもって、ダンダウトパラーの汁液《じゅうえき》をもって、混和《こんわ》し、もしくは樟脳《しょうのう》をもってブハヴァの種子《しゅし》に混《ま》じ、もしくは単にブハヴァの種子《しゅし》のみをもちい、もしくは単《たん》に硼砂《ほうさ》のみ、もしくは単《たん》にグホーシャの花粉《かふん》のみ、もしくは蜂蜜《はちみつ》、糖蜜《とうみつ》を混《ま》ぜたるタマリンドを、容易《ようい》に快感《かいかん》を得《え》がたき婦女《ふじょ》のヨーニ《女性器》にほどこすか、もしくはリンガ《男性器》に塗布《とふ》すれば、愛液《あいえき》の流出《りゅうしゅつ》を伴《ともな》うべし。

4

かくのごとく大成就《だいじょうじゅ》をもたらすべき十種の快感《かいかん》の促進法《そくしんほう》は語《かた》られたり。次に六種の快感自在牽引法《かいかんじざいけんいんほう》を説《と》くべし。

5

ロードフラ、聖果《せいか》の髄《ずい》、アネーカパマダ（あるいはアネーカパダー、註《ちゅう》にはハステイマダとあり。もししからば象の

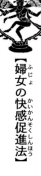

額部《がくぶ》より滲出《しんしゅつ》する液《えき》）、シンドウヴァーラ等分《とうぶん》、もしくはマドフ（蜂蜜《はちみつ》）、マーガドヒカー、ドハットゥーラカ、ロードフラ、マリーチャ。

6～7

もしくは赤き猿《さる》のリンガ《男性器》、樟脳《しょうのう》、黄金《おうごん》、蜂蜜《はちみつ》、水銀《すいぎん》を調合《ちょうごう》す。もしくは馬の口より出ずる唾液《だえき》、マンジシュター、白ケシの花、ジャーテイの花、もしくは黄褐色《おうかっしょく》の乳酪《にゅうらく》において精製《せいせい》せられたるもの（この一項《いっこう》明らかならず。シュミットは黄褐色《おうかっしょく》の牝牛《めうし》より取れる精製乳酪《せいせいにゅうらく》とせり）。もしくは単に赤き猿《さる》のリンガ《男性器》のみ、もしくは蜂蜜《はちみつ》、塩《しお》、カラヴァ（インドほととぎす）の糞《ふん》を混合《こんごう》してリンガ《男性器》に塗布《とふ》す。

8

ブシュヤの星《ほし》においてルドラジャター（蔓草《つるくさ》の一種《いっしゅ》）の根《ね》を抜《ぬ》き、婦女《ふじょ》の両耳《りょうみみ》に挿入《そうにゅう》して小さきプフートの声をなす。この瞬間《しゅんかん》に彼女は快感《かいかん》に趣《おもむ》くべし。

【勢力増大《ぞうだい》法、精力増加法】

9

人もし夜中《よなか》にナーガバラーをバラーと交《ま》ぜ、シャタヴァリー、ヴァーナリー、ゴークシュラカ、クシュラカ、これらの等量《とうりょう》を水とともに飲《の》めば、性欲旺盛《せいよくおうせい》なることを得《え》。

10

もし人一カルシャ（量目《りょうめ》の名）の砂糖《さとう》に等量《とうりょう》のサルピスと蜜《みつ》を混和《こんわ》してこれを服《ふく》し、後に牛乳《ぎゅうにゅう》を飲《の》めば、性欲《せいよく》をもっとも旺盛《おうせい》ならしむ。

11〜12

五十パラ（量の名、四カルシャ）の乳酪《にゅうらく》、それの二倍量《にばいりょう》の砂糖《さとう》を加え、四分の一の量の蜜《みつ》を合わせ、水にて煎《せん》ず（あるいは四分の一の水を注入《ちゅうにゅう》す）。これらをよく調《ととの》えて四分の一の小麦粉《こむぎこ》を交《ま》ぜ、長くこれを捏《こ》ね合わせ、小団となして食する時は、性交《せいこう》においていかなる強盛《きょうせい》なる婦女《ふじょ》に対しても勝利《しょうり》を得《う》べし。

13

乳酪《にゅうらく》を十倍量の乳にて煮《に》、これに

シャタヴァリーを加え、マーガドヒカーと蜜《みつ》とを交《ま》ぜ、砂糖《さとう》とともに食う時は、性欲旺盛《せいよくおうせい》なるを得《う》べし。

14

もしくは野羊《やぎ》の睾丸《こうがん》を牛乳《ぎゅうにゅう》にて煮《に》、その中に胡麻《ごま》を加えてこれを服用《ふくよう》す。もしくは牛乳《ぎゅうにゅう》と乳酪《にゅうらく》と二種をもって、二個の野羊《やぎ》の睾丸《こうがん》を煮《に》、塩《しお》とカナー（異本《いほん》にはグダ砂糖《さとう》とせり）を加《くわ》う。

15

もしくはヴィダーリカーの粉末《ふんまつ》をその汁液《じゅうえき》にて混合《こんごう》し、乳酪《にゅうらく》と蜜《みつ》とをまじえる。もしくはゴークシュラとヴィダーリカーとを混《ま》じて粉末《ふんまつ》となし、砂糖《さとう》を合わせて用《もち》う。

16

もしくはドハートリーの粉末《ふんまつ》をその汁液《じゅうえき》にて混合《こんごう》し、砂糖《さとう》、乳酪《にゅうらく》、蜜《みつ》を合わせて服用《ふくよう》し、後に牛乳《ぎゅうにゅう》を飲《の》む時は、百人の婦女《ふじょ》と会《かい》しても厭足《えんそく》するにいたらず。

17

大麦《おおむぎ》、米、マーシャ（サツマイモの類）

の粉末《ふんまつ》を胡麻《ごま》と混じ、小麦《こむぎ》、マーガドヒーとともに交《まじ》え、乳酪《にゅうらく》にて炒《い》ってプーパリカー（菓子《かし》の類《たぐい》）となせるものをもちいて、砂糖《さとう》を加《くわ》えたる牛乳《ぎゅうにゅう》を飲《の》む。

18

乳酪《にゅうらく》、蜜《みつ》、サハデーヴァーを混《ま》じ、蓮花《れんげ》の蕊《しべ》を入れてそれをもって自己のへそに塗布《とふ》する時は、性交《せいこう》にあたり百人の婦人《ふじん》を楽しむも、心厭足《えんそく》することなし。

【懐妊防遏《かいにんぼうあつ》の法】

19

性交《せいこう》の時、睾丸《こうがん》の筋《すじ》の根部《つけね》を指をもってかたく圧迫《あっぱく》して、心を思慮《しりょ》の中におき、息《いき》を保持《ほじ》すれば種子《しゅし》を死《し》せしむ。

20

白色のシャラプンクハーの根《ね》をヴァタの水をもって、カランジャカの種子一粒《しゅしひとつぶ》をその中に入れ、搗《つ》き砕《くだ》き、口中《こうちゅう》に置《お》けば、懐妊《かいにん》を防遏《ぼうあつ》す。

21

腸《ちょう》をかたく圧迫《あっぱく》して、へそより頭にいたるまで、黒身亀相《きそう》（のヴィシュヌ神の標識《ひょうしき》なる）オーム字を観想《かんそう》すれば、種子《しゅし》を死《し》せしむ。

22

白色のシャラプンクハーの根《ね》と水銀《すいぎん》を混《ま》じ、カランジャカの種子一粒《しゅしひとつぶ》を入れて口中《こうちゅう》に置《お》けば種子《しゅし》を防遏《ぼうあつ》す。

23

男子《だんし》の右の手の毛をもって、象、ロバ、ラクダ、馬の尾《お》に生じたる（毛）と結合《けつごう》し、猪《いのしし》の牙《きば》と骨《ほね》とを右の手に持《も》つ時は、懐妊《かいにん》を避《さ》く。

24

黒色《くろいろ》の猫の右の脇《わき》なる骨を、男子の臀部《おしり》に着《つ》けしむ。もしくはサブタチュハダを口中《こうちゅう》に置《お》くも、懐胎《かいたい》を避《さ》け得《う》べし。

25

スヌヒーを野羊《やぎ》の乳《ちち》にて搗《つ》き砕《くだ》き、ラッジャールの根《ね》を足に塗布《とふ》す。もしくは野羊《やぎ》の尿《にょう》をもって、ヴァーナリーの根《ね》を搗《つ》き砕《くだ》き、リンガ《男性器》に塗布《とふ》す。

26 もしくはサフランの油をヴァルシャーブフーの粉末《ふんまつ》を混《ま》じて煮《に》たるものを塗布《とふ》すれば、懐胎《かいたい》を避《さ》け得《う》べし。これらの法は、疑《ぎ》あることなし。

27 性交《せいこう》に際《さい》し、水牛《すいぎゅう》の乳酪《にゅうらく》、サハデーヴァー、胡麻《ごま》、蜜《みつ》、白蓮《びゃくれん》の花蕊《かずい》を等分《とうぶん》に取り、グリハチャタカ（註《ちゅう》にはカラヴィンカ（雀）とあり）とともに、へそに塗布《とふ》すれば射精《しゃせい》を抑止《よくし》す。

【リンガ《男性器》を増大《ぞうだい》ならしむ】

28 胡麻《ごま》の油、グホーシャ、硼砂《ほうさ》、赤砒石《あかひせき》、ニクズクの葉の汁液《じゅうえき》、クシュトハを七日間、磨砕《まさい》してリンガ《男性器》に塗布《とふ》すれば、これを増大《ぞうだい》ならしむ。

29 ヴァジュリー、ザクロの樹皮《じゅひ》、ブリハティーの果実《かじつ》、クシュトハを混《ま》じたるブハルラータをもって製《せい》したるケシの油に、六種の効験《こうけん》あるクンブヒー（註《ちゅう》にはギリカルニーとあり）の汁液《じゅうえき》を加《くわ》うるもまた可《か》なり。

30

塩、ジャラシューカ(泥《どろ》の中に棲《す》む微生虫《びせいちゅう》の一種《いっしゅ》)、白蓮花《びゃくれんげ》の弁《べん》、ヴァジュリーとともに、ブハルラータカを黒焼《くろやき》にし、ブリハティーの汁液《じゅうえき》を加《くわ》えて塗布《とふ》するもまた可《か》なり。

31

まず水牛《すいぎゅう》の糞《ふん》を混じたるものを塗《ぬ》り、水牛《すいぎゅう》の乳酪《にゅうらく》をまじえたるジャラカンドゥー(註《ちゅう》によるにジャラシューカすなわち泥中《でいちゅう》の微生物《びせいぶつ》なり)、クシュトハを牝牛《めうし》の尿《にょう》とともに塗《ぬ》れば、リンガ《男性器》をして増大《ぞうだい》ならしむ。

32

ブハルラータカの核《かく》を加《くわ》えたる水牛《すいぎゅう》の糞《ふん》と、乳酪《にゅうらく》、およびクンブヒーカーの鬚《ひげ》(鬚《ひげ》は一本に無し)、ハヤガンドハー、塩、これらを塗布《とふ》すれば、リンガ《男性器》は増大《ぞうだい》すべし。

33

蜜《みつ》、タガラ、白きケシ、ブリハティー、クハラマンジャリー、カナー、これに胡麻《ごま》を交《まじ》え、大麦《おおむぎ》、クシュトハ、マリーチャ（胡椒《こしょう》の類）、塩、ハヤガンドハーおよびマーシャを加え。

34

常《つね》に勉《つと》めてこれらを擦《す》り込《こ》む時は、必ず乳房《ちぶさ》、耳《みみ》たぶ、リンガ《男性器》、腕《うで》、肩の増大《ぞうだい》を来《き》たす。

35

ブハルラータカ、ブリハティーの果実《かじつ》、ザクロの樹皮《じゅひ》と実《み》を交《まじ》え、ケシの油《あぶら》をもって処理《しょり》して塗布《とふ》すれば、リンガ《男性器》を増大《ぞうだい》ならしめ、馬《うま》のリンガ《男性器》のごとくならしむ。

36

パドミニーの花弁《かべん》と、ブハルラータカ（漆《うるし》の果実《かじつ》）に黒塩《くろしお》を加え、蓋物《ふたもの》の中に容《い》れて焼《や》き、灰《はい》をもってブリハティーの実《み》の汁液《じゅうえき》を煮《に》たるものに搗《つ》き交《ま》ぜ。

37

これに水牛《すいぎゅう》の糞《ふん》を混《ま》じ、かくてリンガ《男性器》を幾度《いくど》もこれをもって塗布《とふ》する時は、ムサラ（巨大なる棍棒《こんぼう》）のごとく、性《せい》に飢《う》えたる婦女《ふじょ》の欲情《よくじょう》を充足《じゅうそく》せしむるを得《う》べし。

38〜39

シンヒーの果実《かじつ》、ブハルラータカ、ナリニーの花弁《かべん》、シンドフ産のシャイヴァーラをもって、水牛《すいぎゅう》の乳酪《にゅうらく》に混《ま》じ、七日の間放置《ほうち》し、まずハヤガンドハーの根《ね》をもって、水牛《すいぎゅう》の糞《ふん》に混和《こんわ》したるものを作り、これとまぜ、これを塗布《とふ》すれば、必ずや男子のリンガ《男性器》をロバのリンガ《男性器》のごとくに増大《ぞうだい》ならしむべし。

40〜41

種子《しゅし》を去《さ》りたるカナカの果実《かじつ》の中に、カナカの汁液《じゅうえき》にて柔軟《にゅうなん》にせるハヤガンドハーの根《ね》を混和《こんわ》したるものを水牛《すいぎゅう》の乳酪《にゅうらく》とともに容《い》れ、牛糞《ぎゅうふん》をもってまず厚《あつ》く包《つつ》み、後《のち》に牛糞《ぎゅうふん》とともにこれを塗布《とふ》すれば、牝象族《めすぞうぞく》の女の愛人《あいじん》なるリンガ《男性器》を馬のリンガ《男性器》のごとくならしむ。

【ヨーニ《女性器》の欠点《けってん》を除去《じょきょ》すること】

42〜43

ダラ（註《ちゅう》にテージャパットラの葉《は》）、クンクマおよびクナティーをもって、

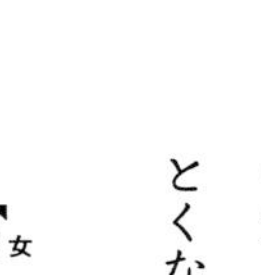

もしくはガジャ（註《ちゅう》ナーガケーシャラ）、ダラ、ターリーサ、タガラをもって、もしくはダラとカリケーサラ、マーンシー、赤きシャイレーヤ、クスンブハ、タガラをもって、もしくはローヒタ（註《ちゅう》に赤センダンとあり）、ピッタ（牛の胆汁《たんじゅう》）、カナー、乳酪《にゅうらく》、ヴィマラアンジャナ（この語《ご》つまびらかならず、アンジャナはまぶたに塗布《とふ》する染料《せんりょう》なり。ヴィマラと名づけられたる眼瞼薬《がんけんやく》なるべし。ヴィマラは明瞭《めいりょう》なるの意、註《ちゅう》にはヴィマラーと読み、ルプヤマークシカムと解《かい》せり、ルプヤはループヤ（銀色《ぎんいろ》の）ならん。マークシカムは蜜《みつ》なり）、塩《しお》をもって、ヨーニ《女性器》に塗布《とふ》すれば、きわめて快適《かいてき》の感《かん》を生《しょう》ずること疑《うたが》いなし。

44

ダーディマ（ザクロ）の五部分《ごぶぶん》（根《ね》、皮《かわ》、葉《は》、花《はな》、果《か》）をもって、もしくはマーラティカーの花をもって処理《しょり》せる白ケシの油《あぶら》をヨーニ《女性器》に塗布《とふ》すれば、快適《かいてき》の感《かん》を得《う》べし。

45

ガタ（註《ちゅう》にはクシュトハ）、パドマカ、

樟脳《しょうのう》、ウシーラ、プシュカラ（青蓮《しょうれん》）およびアンブドハラをもって、ケシの油《あぶら》を処理《しょり》したるものは、ヨーニ《女性器》のすべての欠点《けってん》を除去《じょきょ》す。

46

ニムバの煮汁《にじる》をもって洗浴《せんよく》すること、もしくはアマラ、眼瞼薬《がんけんやく》とニンバの花鬘《はなかずら》の燻煙《くんえん》、生きたる貝類《かいるい》の水にて洗浴《せんよく》すること三七日間するも、また効験《こうけん》あり。

【ヨーニ《女性器》を緊縮《きんしゅく》し、もしくは拡張《かくちょう》する方法】

47

水をもって蓮花《れんげ》を茎《くき》のまま搗《つ》き砕《くだ》き、ヨーニ《女性器》の中に置《お》けば、牝象族《めすぞうぞく》をも牝鹿族《めすしかぞく》のごとくならしめ、愛戦《あいせん》の楽《らく》のために役立《やくだ》つべし。

48

スズメバチ（原語ヴァラター、あるいはヴァラティー、シュミットは註《ちゅう》してサフランの種子《しゅし》とも見るべしといえり）、家《いえ》のガンドゥーパダ（家《いえ》に住む虫の一種《いっしゅ》)、ヴリシヤゴーパーの粉末《ふんまつ》の一々を野羊《やぎ》と牛の乳に浸《ひた》して用《もち》うれば、ヨーニ《女性器》を緊縮《きんしゅく》ならしむ。

49

黒蛇《くろへび》の口に置かれたる尿土《にょうど》を黒き糸にて覆《おお》い、婦女《ふじょ》その上に坐《ざ》する時は、そのヨーニ《女性器》を次第《しだい》に狭縮《きょうしゅく》ならしむ。もしその婦女《ふじょ》拒《こば》みて(真実《しんじつ》を告《つ》げて)これを除去《じょきょ》せば、ふたたび原形《げんけい》に還《かえ》るべし。

50

ピカナヤナの種子《しゅし》(あるいはピカはコーキラ鳥なり。コーキラ鳥の眼球《がんきゅう》の意)を塗布《とふ》するも、一日の間よく緊縮《きんしゅく》ならしむ。序《じょ》のごとく尖端上方《せんたんじょうほう》に向《む》かえると、下方《かほう》に向かえるとの二個の牛角《ぎゅうかく》を粉末《ふんまつ》にし、へそに塗布《とふ》すればヨーニ《女性器》を緊縮《きんしゅく》ならしめ、また拡張《かくちょう》せしむ。

51

序《じょ》のごとく、この粉末《ふんまつ》をもってヨーニ《女性器》に塗《ぬ》れば、性交《せいこう》の努力《どりょく》においても、リンガ《男性器》の勃起《ぼっき》と弛緩《しかん》を来《き》たす。(註《ちゅう》によるに、尖端上方《せんたんじょうほう》に向《む》かえる牛角《ぎゅうかく》の粉末《ふんまつ》はリンガ《男性器》を勃起《ぼっき》せしめ、ヨーニ《女性器》を緊縮《きんしゅく》ならしめ、尖端下向《せんたんかこう》に向《む》かえるものは、リンガ《男性器》を弛緩《しかん》ならしめ、ヨーニ《女性器》を拡張《かくちょう》せしむ)。

52

ラジャニードゥヴァヤ、青蓮《しょうれん》に生《しょう》ずる花蕊《かずい》、デーヴァダールをもって塗薬《ぬりぐすり》を作り、ヨーニ《女性器》に塗《ぬ》れば、緊縮《きんしゅく》と快適《かいてき》の感《かん》を得《え》せしむ。

53

乳酪《にゅうらく》、蜜《みつ》、塩を塗布《とふ》すれば、ヨーニ《女性器》は拡張《かくちょう》せられ、牝鹿族《めすしかぞく》も牝象族《めすぞうぞく》のごとく、少女も壮齢《そうれい》の女のごとくなるべし。

【毛髪除去法《もうはつじょきょほう》】

54

ハリタール、ターラの種子《しゅし》、シンドフジャ（塩）、（一本にはシンドフラ。註《ちゅう》にニルグンディーの樹《き》とあり）、グハナナーダ、カンダリー（雨季《うき》にすみやかに白き花を生《しょう》ずるある一種《いっしゅ》の植物）、クシャーラ（塩類《えんるい》）、イクシュヴァーク（きゅうりの類）、クナティー（あるいは赤砒石《あかひせき》)、ヴァチャー、スヌヒーの根《ね》、およびマンジシュタ。

55

ヴァルナ、ギリカルニカー、これらをスヌヒーの汁液《じゅうえき》にて七倍に浸《ひた》し、イクシュヴァークの汁液《じゅうえき》をそそぎ、搗《つ》き砕《くだ》き、練薬《れんやく》となす。

56

この練薬製《れんやくせい》の油の半量《はんりょう》にカンダリーを加《くわ》え、多量《たりょう》の水にて煎《せん》じ詰《つ》め、毛髪《もうはつ》の発生《はっせい》せる場所《ばしょ》へこの油《あぶら》を塗布《とふ》す。

57

もし汝《なんじ》の頭部《とうぶ》をも手掌《てのひら》のごとくなさんとの好奇心《こうきしん》あらば、この薬方《やくほう》に二倍《にばい》もしくは三倍量《さんばいりょう》のハリターラを加《くわ》うべし。

58

貝殻《かいがら》の粉末《ふんまつ》は、毛髪《もうはつ》を除去《じょきょ》す。パラーシャの灰《はい》、およびハリターラ、クスムブハ(サフラン)の油《あぶら》もまた、毛髪《もうはつ》の発生《はっせい》せる場所《ばしょ》に塗布《とふ》すれば、同じ効験《こうけん》あり。

59 ハリターラ六分、キンシュカの滷汁《クシャーラ》一分、および貝殻《かいがら》の粉末《ふんまつ》は毛髪除去《もうはつじょきょ》にもっとも効験《こうけん》あり。

【胎動揺法《たいどうようほう》】

60 アマラーマラと名づくる眼瞼薬《がんけんやく》を調合《ちょうごう》し、冷水《れいすい》とともにこれを服《ふく》すれば、胎《たい》を取《と》り去る。もしくは月経《げっけい》時において乳酪《にゅうらく》、蜜《みつ》を合わせてパラーシャの種子《しゅし》をヨーニ《女性器》にほどこす。

61 もしくはジュヴァラナあるいはジャヤンティー（註《ちゅう》によるに、白色《しろいろ》のニルグンディー）の根《ね》を、米の水にて服用《ふくよう》すれば胎《たい》を破る。もしくは胡麻《ごま》油を塩と合わせてヨーニ《女性器》に入《い》る。

62 シャイヴァラの花蕊《かずい》と種子《しゅし》、もしくはチャムパカの根《ね》を、もしくはカナーとともに服用《ふくよう》すれば、孕胎《たいよう》を防遏《ぼうあつ》す。もしくは古き漆喰《しっくい》とともに胡麻《ごま》の油を（服す）。

【孕胎《たいよう》法】

63

月経《げっけい》の際、新鮮《しんせん》なるナーガケーサラの花粉《かふん》を乳酪《にゅうらく》とともに飲《の》み、後に牛乳《ぎゅうにゅう》を服用《ふくよう》して婦女《ふじょ》男子に行けば懐胎《かいたい》すべし。

64

ラクシュマナーの根《ね》を多量《たりょう》の乳酪《にゅうらく》とともに鼻《はな》より飲《の》み、もしくはジャターマーンシーを米の水とともに飲《の》めば子を得《う》べし。

65

同一《どういつ》の毛色《けいろ》なる牝牛《めうし》の乳《ちち》を飲《の》めば、石女も懐胎《かいたい》す。ケーキシクハーもしくはプトランジーヴァの根《ね》を（牛乳《ぎゅうにゅう》とともに）飲《の》む。

66

婦女月経《ふじょげっけい》の後、沐浴《もくよく》し、ラクシュマナーの根《ね》を牛乳《ぎゅうにゅう》とともに飲《の》み、七種の水をもって、洗《あら》える米の飯《めし》を食《しょく》すれば、子《こ》を得《う》べし。

【流産防遏法《ぼうあつ》】

67

ウトパラ（蓮花《れんげ》の一種《いっしゅ》）、ラージーヴァ（蓮花《れんげ》の一種《いっしゅ》）の食用《しょくよう》に適《てき》する根《ね》を、蜜《みつ》と塩にて調《ととの》えて服用《ふくよう》す。ゴードハーヴァリー（一本にゴードハーヴァティーとあり。註《ちゅう》にはハンサバディーラターとあり、蔓草《つるくさ》の類《たぐい》ならむ）の花弁《かべん》を乳酪《にゅうらく》とともに飲《の》むも、また流血《りゅうけつ》を防遏《ぼうあつ》す。

68

ウトパラ（蓮花《れんげ》の一種《いっしゅ》）、ウパラー（註《ちゅう》にシャルカラーとあり、砂糖《さとう》の類なるべし）、蜜《みつ》、シュヤーマラター、ロードフラ、センダンを合《あ》わせて、米汁《こめじる》とともに飲用《いんよう》すれば、流胎《りゅうたい》を防《ふせ》ぐ。

69

蜜《みつ》（一本にカクブハ）、クシャ、カーシャ、乳酪《にゅうらく》、白き蓮花《ウトパラ》（一本には白きウパラー白き砂糖《さとう》）を合《あ》わせたる乳《ちち》、もしくはムスタを加《くわ》えたる飲料《いんりょう》は、流胎《りゅうたい》、疼痛《とうつう》を止《や》む。

【安産法《あんざんほう》】

70

クハルヴァシュリー（註《ちゅう》にティラカとあり）、家鳩《いえばと》の尾羽《おは》を、プシュヤの星が日と交《まじ》わる日に取り、臀部《おしり》に着《つ》け、しこうしてこれを飲《の》めば、妊婦《にんぷ》はただちに流産《りゅうざん》を免《まぬが》る。

71

グンジャーの根《ね》を七分し、七条の糸をもって臀部《おしり》に結《むす》びつくれば、難産《なんざん》もただちに安産《あんざん》す。

72

白色《しろいろ》のピカ（コーキラ鳥のこと、通常《つうじょう》インドほととぎすと呼《よ》ばる。黒色にして好音《こういん》あり）の眼と足とを噛《か》み砕《くだ》きて、耳に充填《じゅうてん》する時は、難産《なんざん》に苦しめる婦女《ふじょ》は、安産《あんざん》することを得《う》べし（註《ちゅう》、あるいはピカの眼ピカナヤナを植物《しょくぶつ》の名と見るか）。

73

黒色のバラーの根《ね》に白色のギリカルニーの根《ね》を合《あ》わせて搗《つ》き砕《くだ》き、ヨーニ《女性器》に用《もち》うるときは、難産《なんざん》の婦を安産《あんざん》せしむ。

74

赤色《あかいろ》の糸をもって、白色《しろいろ》のバラーの根《ね》を腰《こし》に結びつくる時は、すみやかに胞衣《えな》（後産《あとざん》）出《い》ずべし。イクシュヴァークの根《ね》を足《あし》にいたるまで塗布《とふ》するも可《か》なり。

75

クハラマンジャリー、プナルヴァーの根《ね》を搗《つ》き砕《くだ》き、ヨーニ《女性器》に用《もち》うる時は産後《さんご》、間《ま》もなき婦女《ふじょ》のヨーニ《女性器》に起《お》こるすべての疼痛《とうつう》を除去《じょきょ》す。

76

もしくは乳酪《にゅうらく》、クンドゥルの肉より作《つく》れる油をカールパーサ（木綿《もめん》）の種子《しゅし》とともに、ヨーニ《女性器》に用《もち》うるも、またかくのごとき産婦《さんぷ》の疼痛《とうつう》を除去《じょきょ》す。

77

ヴァルナの葉《は》を牛糞《ぎゅうふん》の汁液《じゅうえき》、牛の尿《にょう》とよく搗《つ》き交《ま》ぜ、乳酪《にゅうらく》とともに塗布《とふ》すれば、産婦《さんぷ》のヨーニ《女性器》における虫を殺す。

78 【ヨーニ《女性器》の臭気除去法《しゅうきじょきょ》】

クシュトハ、カマラ、バーララー（小益智子）、ウトパラ（青蓮《しょうれん》）より作れる油をヨーニ《女性器》に充《み》たす。もしくはアブハヤー、グタの燻煙《くんえん》、もしくはニムバの煮汁《にじる》にて洗浄《せんじょう》する。

79

もしくはジャーティーの花、サトウキビの茎《くき》の汁液《じゅうえき》、五種の樹の若葉、（註《ちゅう》によるにアームラ、ジャムブ、カピットハ、ビージャプーラ、ビルヴァ、これを五種の樹とす）を搗《つ》き砕《くだ》き、日光に熱して油を作り、ヨーニ《女性器》に充填《じゅうてん》すれば、臭気《しゅうき》を除く。

80 【産婦《さんぷ》のヨーニ《女性器》を緊縮《きんしゅく》する方法】

スラゴーバ（インドラゴーパともいう。雨季《うき》に出る微虫）の虫の粉末《ふんまつ》をカーララヴェールラ（胡蘆《ころ》の類）の根に混《ま》じ、擦《す》り込《こ》む時は産婦《さんぷ》のヨーニ《女性器》を縮小《しゅくしょう》ならしむ。

81

カラマ（穀物《こくもつ》の一種《いっしゅ》）の粒《つぶ》を牛乳《ぎゅうにゅう》をもって搗《つ》き砕《くだ》きて、七日間これを続けて服《ふく》すれば、池に生《しょう》ずる蓮花《れんげ》のごとく、乳房《ちぶさ》を肥厚《ひこう》ならしむ。

82

ヴィシャーラーを塗布《とふ》すれば、乳房《ちぶさ》の腫張《しゅちょう》を縮小《しゅくしょう》せしむ。また薑黄《きょうおう》とともに用《もち》うれば、婦女《ふじょ》のカンダ（女性《じょせい》生殖器疾患《せいしょくきしっかん》の一種《いっしゅ》、子宮脱出《しきゅうだっしゅつ》のごとく見ゆる腫脹《しゅちょう》）をも治癒《ちゆ》す。

83

マーラティーの根《ね》を乳《ちち》とともに飲《の》めば、産婦《さんぷ》の乳房《ちぶさ》を痩《や》せしむ。もしくは早朝《そうちょう》においてドハートリー薑黄《きょうおう》を加《くわ》えたる乳酪《にゅうらく》と蜜《みつ》を舐《な》むるもまたしかり。

84

サハカーラ（マンゴー樹、マンゴー）、ダーディマ（ザクロ）の皮《かわ》に水を混《ま》じたるもの、もしくは貝殻《かいがら》の粉末《ふんまつ》の塗布《とふ》、もしくはチンチャー（タマリンド）、カランジャの種子《しゅし》をもって塗布《とふ》するも悪臭《あくしゅう》を除去《じょきょ》す。

【体臭除去《じょきょ》法】

85

カクブハの花、ジャンブの花、ロードフラの等量《とうりょう》を塗布《とふ》すれば、夏時《かじ》、熱《ねつ》のために生《しょう》ずる身体の悪臭《あくしゅう》を除去《じょきょ》す。

86

ロードフラ、ウシーラ、シリーシャカ、パドマカを混和《こんわ》して身に塗《ぬ》れば、夏時《かじ》、発汗《はっかん》のために皮膚《ひふ》に悪臭《あくしゅう》等の欠点《けってん》を生《しょう》ぜず。

87

センダン、サフランの水、ロードフラ、タガラヴァーラカの等量《とうりょう》をもって一度塗布《とふ》すれば、劇《はげ》しき体臭《たいしゅう》も除去《じょきょ》し得《う》べし。

88

ビルヴァ、シヴァー（註《ちゅう》にはハリタキーもしくはアーマラキーとあり）の等分《とうぶん》を塗布《とふ》すれば、腋臭《えきしゅう》を除去《じょきょ》す。プーティカランジャの種子《しゅし》に熟《じゅく》したるタマリンドを交《まじ》えて用《もち》うるも可《か》なり。

【口臭除去法《こうしゅうじょきょ》】

89

ビージャプーラカの果実《かじつ》の皮を一度食すれば、すべての口臭《こうしゅう》を除去《じょきょ》す。また放屁《ほうひ》（の臭い）を消す。

90

クシュトハ、エーラヴァールカ、エーラー、ヤシェティーマドフ（甘草《かんぞう》）、ムスタ、およびドハーヌヤ（コリアンダー）をもって含嗽剤《がんそうざい》となさば、すべての口臭《こうしゅう》を除去《じょきょ》し、ラソーナ等の臭気《しゅうき》を消す。

91

ジャーティの果実《かじつ》、その茎《くき》、プハニッジュハ、ヴァーフリーカ（サフランもしくはヒング）、クシュトハを混《ま》じて用《もち》うれば、口腔《こうくう》に生《しょう》ずる悪臭《あくしゅう》を除去《じょきょ》す。

92

辛、苦、渋味《しぶみ》の混《ま》じたる油の水歯磨《みずはみが》きを日ごとに用《もち》うれば、人の悪臭《あくしゅう》ある口臭《こうしゅう》は除去《じょきょ》せらる。

【声音を美ならしむる方法】

93

ジャーティ（ニクズク）の果実《かじつ》（一本には花）、エーラー、ピッパリラージャカ、蜜《みつ》、マートゥルンガを常習《じょうしゅう》として舐《な》むれば、人をしてキンナラ（天の音楽神《おんがくしん》）のごとき美妙《びみょう》の声音《せいおん》ならしむ。

【婦女《ふじょ》の身体の染料《せんりょう》】

94

胡麻《ごま》、ケシ、二種のラジャニー、クシュトハをもって作られたる染料《せんりょう》を用《もち》うる時は、ほほえめる月の光と滴《したた》る芳香《ほうこう》を添《そ》うべし。

95

ニンバ、アーラグヴァドハ、ダーディマ（ザクロの樹）、シリーシャの練薬《れんやく》にロードフラを加え、二種のラジャニー、ムスタをもって婦女《ふじょ》の愛好《あいこう》すべき染料《せんりょう》となすべし。

96

黒胡麻《くろごま》（一本には黒《くろ》の語をクシュトハとす）、クリシュナジーラカ、シッドハールトハ（白ケシ）およびジーラカ（ウイキョウ）を牛乳《ぎゅうにゅう》と等分《とうぶん》に塗料《とりょう》に作れば、きわめてうるわしき顔もてるものも、身体の非難《ひなん》をなし得ざるべし。

97

バダラの木髄《もくずい》、グダ（糖蜜《とうみつ》）蜜《みつ》、新鮮《しんせん》なる乳酪《にゅうらく》を混合《こんごう》したる塗料《とりょう》は、身体の欠陥《けっかん》を除去《じょきょ》す。もしくはヴァルナの木皮《もくひ》を野羊《やぎ》の乳《ちち》にて（あるいは一本によれば、木皮《もくひ》と木髄《もくずい》を乳《ちち》にてと読《よ》み得《う》べし）、搗《つ》き砕《くだ》きたるものにても可《か》なり。

98

ロードフラ、ヴァチャー、ドハーヌヤカ（コリアンダー）をもって塗薬《ぬりぐすり》とすれば、若き人の発疹《ほっしん》（にきびの類か）を除去《じょきょ》す。また牛黄《ごおう》とマリチヤ（胡椒《こしょう》の樹）を加えて、塗薬《ぬりぐすり》とするも等《ひと》しき効験《こうけん》あり。

99

皮糠《ひこう》を去りたる大麦《おおむぎ》の粉末《ふんまつ》、甘草《かんぞう》、白ケシ、ロードフラを塗薬《ぬりぐすり》とすれば、婦女《ふじょ》の顔をして、必ず最上《さいじょう》、黄金《おうごん》のごとくならしむ。

100〜101

熟《じゅく》したるヴァタの葉、カーンチャナ、甘草《かんぞう》、プリヤング、蓮花《パドマ》、サハデーヴァー、黄色のセンダン、ラークシャー（臙脂《えんじ》、一種《いっしゅ》の虫もしくは特殊《とくしゅ》の植物より採《と》る）、サフラン、ロードフラを等分《とうぶん》に水にて搗《つ》き砕《くだ》き、塗薬《ぬりぐすり》とせば、これ常にうるわしきものの蓮花《れんげ》の顔を、秋の月の光もかくれぬるばかりならしむべし。

【胸をふくらかにする法】

102

流水眼瞼薬《スロートーアンジャナ》、米の汁《しる》を常に（一本鼻に）用《もち》うれば、若き婦女《ふじょ》の乳房《ちぶさ》は、情人《じょうにん》の心の富《とみ》を盗《ぬす》めるもののごとく、きわめて肥大《ひだい》ならむ。

103〜104

ユヴァティ（註《ちゅう》にプリヤング）、ヴァチャー、カトウカーを混和《こんわ》し、クリターンジャリー（註《ちゅう》によるにラッジャヴァティーという蔓草《つるくさ》の一種《いっしゅ》）、ラジャニを等分《とうぶん》に法のごとく加え、牛《うし》、水牛《すいぎゅう》の乳酪等量《にゅうらくとうりょう》をもって油となす。老齢《ろうれい》の婦女《ふじょ》といえども、この法によって三七日の間、乳房《ちぶさ》は締《し》まり、肥《こ》え、高く、かつ固《かた》からむ。

105

家に飼《か》える猿《さる》に乳酪《にゅうらく》と、赤砒石《あかひせき》を食せしめ、かくてその糞《ふん》を塗布《とふ》すれば、乳房《ちぶさ》は両手にあまるにいたらん。

【性交不能者《せいこうふのうしゃ》とならしむる法】

106

もし人、スラゴーバとブフーミラターの粉末《ふんまつ》をヨーニ《女性器》に散布《さんぷ》すれば、戦《いくさ》において武器《ぶき》を失《うしな》えるごとく、他の男子は性交無能力《せいこうむのうりょく》となるべし。

107

人もし空中に集まるコウモリの糞《ふん》をリンガ《男性器》に塗《ぬ》りて、一度にても婦女《ふじょ》を享楽《きょうらく》せば、その婦女《ふじょ》は他の男子を求むることなし。

108

その糞《ふん》を蓋《ふた》ある器《うつわ》にて黒焼《くろやき》となし、カンジカ（粥《かゆ》）と交《まじ》えてヨーニ《女性器》に塗布《とふ》すれば、その婦女《ふじょ》は純真《じゅんしん》にして美麗《びれい》なる状態《じょうたい》となるべし。

109

ロバの精液《せいえき》を紅面の猿《さる》の精液《せいえき》と混《ま》じて、ヨーニ《女性器》に塗布《とふ》すれば、その夫は決して他の婦女《ふじょ》と性交《せいこう》をなすことなし。

110

バフヴァーラの葉を寝台《しんだい》の足《クフラ》に（あるいは面《タラ》に）おいて、アラクタカ（漆）の葉と結びつけて精液《せいえき》をもらす時は、その男子は性交不能者《せいこうふのうしゃ》となるべし。

111

野羊《やぎ》の尿《にょう》をシャドビンドゥの粉末《ラジャス》（あるいは六滴《ろくてき》の経血《ラジャス》と見るか）、ラジャニの粉末《ふんまつ》とともに食《しょく》すれば、決定して若き男子といえども、遠《とお》からず交接不能者《こうせつふのうしゃ》となるべし。

【性交不能《せいこうふのう》を回復する法】

112

ゴークシュラの粉末《ふんまつ》を胡麻《ごま》と交《ま》ぜ、牝野羊《めすやぎ》の乳《ちち》、蜜《みつ》とともに飲《の》めば、七日にして、必ず性交不能状態《せいこうふのうじょうたい》を免《まぬが》るべし。

113

人の脇部《きょうぶ》の骨《ほね》をもって、ラクダの骨《ほね》を貫通《かんつう》し、婦女《ふじょ》の寝台《しんだい》の頭部《とうぶ》におけば、性交《せいこう》の時、男子は不能者《ふのうしゃ》となるべし。

【怨憎《えんぞう》を生《しょう》ぜしむる法】

114

フクロウ、黒色のカラスの血と乳酪《にゅうらく》をもって、名によってコーヴィルラの薪《まき》をもちい、百八遍《ひゃくはちへん》、護摩《ごま》を焚《た》く

時は、怨憎《えんぞう》を生《しょう》ずべし。

115

カラス、フクロウの毛をもって、あるいはこれらの血をもって、ニムバの葉に（あるいは葉をもって）両人《りょうにん》の名を書《しょ》し、護摩《ごま》を焚《た》く。

116

鼠《ねずみ》と猫《ねこ》、バラモンと空衣行者《くうえぎょうしゃ》との毛《け》をもって、その家において姻《いん》を作る時は、その二人は怨憎《えんぞう》を生《しょう》ずべし。

【喜悦《きえつ》を生《しょう》ずる法】

117

スラタル、タガラ、ヴァチャー、アグル、ムリガマダ、センダンを混和《こんわ》して、その家において焚《た》けば、両人《りょうにん》は互《たが》いに喜悦《きえつ》を生《しょう》ず。

【龍樹《りゅうじゅ》の制定せる方法（以下カーンチーナートハの註書《ちゅうしょ》に載せず）】

118

龍樹《りゅうじゅ》の説《と》ける方法、十四項《じゅうよんこう》の多きあり。効験《こうけん》ある成就《じょうじゅ》すべきものをここに掲《かか》ぐべし。

119

ブフリンガラジスとモーハラターはティラカによってすべて（の人）を喪神《そうしん》せしむ。アジャカルニーにルダンティを加え、またはサハデーヴィーにラッジャールを加えて効験《こうけん》あり。

【制御法《せいぎょほう》】

120

孔雀《くじゃく》の頭毛（あるいは鶏冠《とさか》）、アン

ジャーリカーとともにスラヴァールニー（クシャ草か）、クリターンジャリー（註《ちゅう》にラッジャールとあり）をヨーニ《女性器》におけば、瞋婦《しんぷ》を奴隷《どれい》のごとくなす。また男子を奴隷《どれい》のごとくなし得《う》べし。

121

ブフリンガラジャ、ラッジャールカ、ハラジャター、白きアルカ（の根《ね》）を塗布《とふ》す。またクラーンター、白きアルカ、プンジャリ、ハラジャター、を小丸となすも制御《せいぎょ》の効験《こうけん》あり。

122

牛センダン、アジャカルニー、ルダンティカー、カヌヤカーをもって、ヨーニ《女性器》に塗布《とふ》すれば、死にいたるまで婦女《ふじょ》の愛情《あいじょう》まっとうし。

123

ラッジャールカ、サハデーヴィー、カヌヤー、牛黄《ごおう》よりなれる粉末《ふんまつ》を、タムブーラ（ベテル）に散布《さんぷ》して与《あた》うれば、これ婦女《ふじょ》の制御《せいぎょ》に大なる効験《こうけん》あり。

124

ヴィシュヌクラーンター、白きラヴィ、クリターンジャリー、孔雀《くじゃく》の鶏冠《とさか》をもって作れる塗布《とふ》薬を婦女《ふじょ》のヨーニ《女性器》にほどこせば、快感《かいかん》を催し、身に塗《ぬ》れば制御《せいぎょ》の効験《こうけん》あり。

125

【種子防遏《しゅしぼうあつ》の方法】

もしくはブフリンガラジャスとカヌヤーをもってジャーティカーを混《ま》じたるヴィシュヌクラーンターに交《ま》ぜたるものを小丸となし、口に含《ふく》めば、性交《せいこう》において種子《しゅし》の破壊《はかい》をなす。

126

【悪《あ》しきヨーニ《女性器》を善《よ》くする法】

ヴィシュヌクラーンター、ハラジャター、ブフリンガラジャスをもってサハデーヴィーに混《ま》じ、ヨーニ《女性器》に塗布《とふ》すれば悪《あ》しきヨーニ《女性器》を善《よ》くなすを得《う》べし。

127

【孕胎《たいよう》を保持《ほじ》する法】

牛センダン、ダンドートパラ、ヴィシュヌクラーンター、クリターンジャリーの粉末《ふんまつ》を、月経時《げっけい》に服用《ふくよう》すれば、石女といえども懐胎《かいたい》す。

128

【安産法《あんざん》】

ルダンティーと孔雀《くじゃく》の鶏冠《とさか》をもってプトランジーヴァ、ジャンティ、クマーリカーに混《ま》じ、ヨーニ《女性器》にほどこせば、難産《なんざん》といえども容易《ようい》に産《う》まるべし。

129

ルダンティとハラジャター、サハデーヴィーと孔雀《くじゃく》の鶏冠《とさか》を身に塗《ぬ》れば、すべての行事《ぎょうじ》を成就《じょうじゅ》するを得《う》べし。

（大士）バリブハドラの苗裔《びょうえい》にして、神人龍蛇《しんじんりゅうじゃ》の所愛者《しょあいしゃ》なる、称揚《しょうよう》せられたる、学匠《がくしょう》、詩聖《しせい》たちの家において尊敬《そんけい》せられたるテージョーカと名づくるものの孫、聖なる詩人ヴィドヤードハラガドヤ（ガドヤを一本にヴァイドヤ医師とす）の子なる、コッコーカは好奇《こうき》の心をもって、世の男子の喜《よろこ》びなるこの性愛遊戯《せいあいゆうぎ》の秘奥《ひおう》を説《と》けり。

以上、聖なる成就《じょうじゅ》学匠コッコーカの作、『性愛《せいあい》秘義』において総説婦女讃嘆《ふじょさんたん》分方規と名づくる第十五品　終

रतिरहस्य

कामसूत्र के सांप्रयोगिक, कन्यासंप्रयुक्तक, भार्याधिकारिक, पारदारिक एवं औपनिषदिक अधिकरणों के आधार ग्रहण करते हुये पण्डित पारिभद्र के पौत्र तथा पण्डित तेजोक के पुत्र आचार्य कोक्कोक द्वारा रचित यह ग्रन्थ ५५५ श्लोकों एवं १५ परिच्छेदों में निबद्ध है। आचार्य कोक्कोक ने इस ग्रन्थ की रचना किसी वैन्यदत्त के मनोविनोदार्थ की थी।

あとがき

本書の原典《げんてん》は純サンスクリット語よりなり、一八一〇年、ベナレスのターラ印刷所において、デーヴィーダッタパラージュリーがカーンチーナートハの註釈《ちゅうしゃく》とともに出版せるものにして、詩語冒頭索引《しごぼうとうさくいん》十頁《ページ》、要項索引《さくいん》二頁《ページ》、目次五頁《ページ》、サンスクリット語本文二百二十八頁《ページ》を含む四六版型《しろくはんけい》の一書をもちいたり。世界の奇書《きしょ》にして『カーマスートラ』の姉妹篇《しまいへん》とも称《しょう》すべき本書は、いまだかつていかなる国語にも翻訳《ほんやく》されしを聞かず。ただドイツのシュミット（Richard Schmidt）がその著 Beiträge zur indischen Erotik の中に各所にわたりこれを引用《いんよう》し、原文《げんぶん》をあげ、かつそれがドイツ訳を添《そ》えたるあるのみ。されど、彼は出版本を知らず、写本《しゃほん》より引用せり。由来《ゆらい》、インド民族が社会事象《しゃかいじしょう》に対し、常に徹底《てってい》せる観察《かんさつ》と独創《どくそう》の研究をなせることは驚嘆《きょうたん》に値《あたい》するものなり。彼らは人生の目的を解説《げだつ》、正義《せいぎ》、財物《ざいぶつ》、および性愛《せいあい》に存《そん》すと宣言《せんげん》せり。すでに解説《げだつ》と正義《せいぎ》については『ヴェーダ』をはじめ、諸種《しょしゅ》の経典《けいてん》、法典《ほうてん》あり、財物《ざいぶつ》についてはまたカウティルヤの『アルトハシャーストラ（財経《ざいきょう》）』を有す。したがって性愛《せいあい》（カーマ）に関しても、またきわめて真摯《しんし》なる態度《たいど》をもってその技巧《ぎこう》を研究し、もってこれを万人必読《ばんにんひつどく》の法典《ほうてん》として編纂《へんさん》せり。

この主張《しゅちょう》のもとに成立せし典籍《てんせき》は、数十部を数え得《う》べし。精細《せいさい》に調査《ちょうさ》せば、おそらく驚くべき多数に上らん。されど、皆これ動機《どうき》の神聖《しんせい》なるにおいて、かのいわゆる軟派文学《なんぱぶんがく》の類《たぐい》とまったく選《せん》を異《い》にし、決してこれと日を同じくして論《ろん》ずべきにあらず。なかんずく『カーマスートラ』は代表的のものとして有名なり。

　年代において『カーマスートラ』よりややおくれて成立せしものをこの『ラティラハスヤ』となす。この書は『カーマスートラ』を整理統一《せいりとういつ》して、種々の格調《かくちょう》をもって詩形《しけい》となせるものなり。詩の形式を取りしは、けだし記憶《きおく》に便《べん》せしに過《す》ぎず。したがって典麗幽雅《てんれいゆうが》の詩藻《しそう》をこれに求むべきにあらざれば、ここには全編《ぜんぺん》を散文訳《さんぶんやく》となし、ほぼ一詩をもって一節となせり。内容は『カーマスートラ』ともとより大差《たいさ》なきも、娼婦篇《しょうふへん》はこれを欠き、そこに繁雑《はんざつ》なるものここにありて、簡明《かんめい》となれるもの多きを見る。されどまたそこに欠《か》くるところ、ここに発見するものも少しとせず。例せば、巻頭《かんとう》に見えたる婦女《ふじょ》を分類して蓮花性《れんげせい》、雑色性《ざっしょくせい》、螺貝性《つぶがいせい》、象性《ぞうせい》となすがごとき、そこにまったく見ざるところ、しこうして後世《こうせい》、同種の典籍《てんせき》みな範《はん》をこれに取るもののごとし。また最後の二章に薬法《やくほう》を詳述《しょうじゅつ》するがごときは、『カーマスートラ』の奥義篇《おうぎへん》に比すれば、その増広加補《ぞうこうかほ》の多き、かつ丁寧懇切《ていねいこんせつ》をきわめたる、量において数倍し、必ずや現代薬物学《げんだいやくぶつがく》、医療《いりょう》の上になんらかの暗示を投ぜずんばあらず。その避妊《ひにん》に関する部分のごときは、『カーマスートラ』のさらに教えざるところなり。またもって珍《ちん》とするに足らむ。

本書の年代に関しては一言《いちげん》の要《よう》あるべし。けだし成立年代の決定は、典籍《てんせき》の価値と位置に関すること重大なればなり。本書は聖者コッコーカがヴィヌヤダッタ王の懇請《こんせい》によって作れりという。されど、これらの人名につきては調査すべき材料きわめて少なし。『カーマスートラ』が西紀二、三世紀を下らざる成立なることは、すでに世界の学者の承認《しょうにん》するところなれば、ここに贅《ぜい》せず。しこうして、本書はすでに第一品においてヴァーッチャーヤナの教説を搾《しぼ》り取れりと宣言せるがゆえに、『カーマスートラ』を祖述《そじゅつ》せることは明らかなり。したがって本書の成立は、西紀二、三世紀より早しとは考えられず。本書の最上限界《さいじょうげんかい》 Terminus a quo はヴァーッチャーヤナの年代すなわち西紀三世紀よりさかのぼるものにあらず。次に本書の世に知られしは、いつなるかによって最下限界《さいかげんかい》Terminus ad quemを決定せむ。刊行サンスクリット文原典《げんてん》の序にはヴァーッチャーマナの『カーマスートラ』の註《ちゅう》ジャヤマンガラの中、本書の第三品第八節を引用せるより考証《こうしょう》し、ジャヤマンガラの名はブハドラバーフの『カルパスートラ』の註《ちゅう》の中に見え、しこうして註《ちゅう》の作者ジナプラプハはその註《ちゅう》をヴィクラマ紀元一三〇七年に作れりと明記《めいき》せるがゆえに、本書の作者コッコーカはヴィクラマは紀元一三〇七年より以前ならざるべからずといえり。ヴィクラマ紀元一三〇七年は、西紀一二五一年なり。またシュミットは十四世紀のマルリナートハがラグフヴァンシャの註《ちゅう》（XIX,25,32）、キラータールジュニーヤの註《ちゅう》（V,23;IX,50）、メーグハドゥータの註《ちゅう》（I,29;II,19）〔ただしボンベイ版一八八六年のニルナヤサーガラの本による〕に本書の引用あることより、さらに進んでは『カーヴャマーラー』の中に収めたるアマルシャタカの註《ちゅう》の中に、西紀十三世紀に属《ぞく》するアルジュナヴァルマデーヴァがこの書を引用せるより、本書の成立は必然的にそれより以前ならざるべからずといえり。

されどこれらの考証《こうしょう》によって吾人《ごじん》の得たるところは、あまりに茫漠《ぼうばく》たる結論なり。すなわち第三世紀と第十三世紀もしくは第十四世紀の間には、かなりにはなはだしき距離《きょり》あり。この距離《きょり》をいかに処理《しょり》すべきかは、なお学徒《がくと》の前に提供《ていきょう》されたる今後の問題ならざるべからず。これに関する私見《しけん》の一端《いったん》を披瀝《ひれき》すべし。

『アナンガランガ』の英訳の序言の中に、本書の作者コッコーカについて記するところあり。予《よ》はこの英訳を見たるにあらず。されどシュミットが『ラティラハスヤ』を解題《かいだい》せる下に引用しあり、かつ頃日《けいじつ》『アナンガランガ』の仏《フランス》訳を手にして、これを検するに訳者 B.De Villeneuve は英訳序言を仏訳して巻頭におけり。ついでこれを見るに、この部分も明らかに存在せるを認む。取意《しゅい》して、その物語を挙ぐれば左のごとし。

「かつて一婦人《いちふじん》あり。性欲の衝動《しょうどう》に苦しみ、かつ何人によっても満足をあたえられざりしため、着たる衣服を脱ぎ捨てて裸体となり、自己に満足をあたえ得《う》る男子に出会わせざる限り、裸体のまま天下を横行すべしと宣言せり。かくてかの婦人は、王の謁見室《えっけんしつ》にはばかるところなく闖入《ちんにゅう》し来たれり。そこに聖者コーカ大仙は王のそばに坐しいたり。廷臣《ていしん》は周章狼狽《しゅうしょうろうばい》して、かの婦人にむかい、かかる醜態《しゅうたい》をもって羞恥《しゅうち》を感ぜざるかをたずねしに、婦人は平然としてこの室《へや》の中、一人の男子なし、婦人の中にありて婦人が裸体を示すも、何の羞恥《しゅうち》かあらんと傲語《ごうご》せり。王をはじめとして廷臣《ていしん》一同はこれに対して返す言葉もなく、ただ黙然《もくぜん》として恥じ入るのほかなかりしが、このとき大仙コーカは掌《てのひら》を合わせて王に奏《そう》し、この淫蕩飽《いんとうあ》くなき婦人を御《ぎょ》することの聴許《ちょうきょ》を請《こ》えり。かくて王の聴許《ちょうきょ》のもとに大仙はその婦人を家に伴《ともな》い帰り、法のごとくこれを御《ぎょ》せしをもって、彼女は最高満足の歓喜のために失神《しっしん》するにいたれり。ここに大仙はその婦人の腕と足とに黄金の針を貫き、ふたたび王の宮廷に出《い》でて、彼女をして敗北の告白をなさしめ、かつ即座《そくざ》に衣服を着せしめたり。王はこのとき大仙に対して、切《せつ》にその勝利をかち得たる方法を説かんことを請《こ》い、これに対して聖者コーカは王の前に性愛《せいあい》の秘義《ひぎ》を説《と》き、性交に関する幾多《いくた》有益なる智識《ちしき》を伝えたり」。云々《うんぬん》。

この物語の典拠《てんきょ》つまびらかならざれども、コーカとは本書の作者コッコーカのことにして、この一節は『ラティラハスヤ』の来歴《らいれき》を語るものなり。想うにこの伝説はすでに本書の成立とともにひろく巷間《こうかん》に伝えられしものなるべし。本書にヴィヌヤダッタ王の切望《せつぼう》によってコッコーカ大仙の作るところとあるは、これらの消息《しょうそく》の一端《いったん》を示すものならざるべからず。

さて一方に『増一阿含経《ぞういちあごんきょう》』「第三十一巻清浄太子《せいじょうたいし》」の説話の下を見るに、清浄太子《せいじょうたいし》が性の衝動《しょうどう》を感《かん》ぜず、継嗣《けいし》を絶たんとするや、父王おおいに憂悲《ゆうひ》して、娼婦《しょうふ》、婬種《いんしゅ》をして太子《たいし》の欲情《よくじょう》を喚起せしむ。その中に「すでにことごとく六十四変を明らかにす」という文字あるは、これ性交六十四態の謂《い》われにして、『カーマスートラ』に明かすところを意味す。さらに進んで太子欲情喚発《たいしよくじょうかんぱつ》の後、淫蕩《いんとう》はなはだしく、国中の処女《しょじょ》の嫁《とつ》がせんとするものをして、まず太子《たいし》の宮中《きゅうちゅう》に来《き》たらしめ、初夜権《しょやけん》をほしいままにするや、国人《くにびと》みな心中平《しんちゅうたい》らかならざるもあらはに、これを謂《こ》うものなし。そのとき一人の少女須蛮と名づくるもの、王の宮中に行くべき順番に定められ、この怯弱《きょうじゃく》なる国人《くにびと》を激励《げきれい》する一節あり。

「そのとき、彼の城中に女あり、須蛮と名づく。次にまさに王のところにいたらんとす。このとき須蛮長者女、露形はだしにして人中にありて行く。また羞恥《しゅうち》なし。衆人《しゅうじん》見おわって各々相対談《おのおのあいたいだん》す。こはこれ長者の女、名称遠く聞こゆ。いかが露形にして人中にありて行くや。ロバのごとくにして何ぞ異《ことな》らんと。女、衆人《しゅうじん》に報《こた》えて曰《いわ》く、我ロバなるにあらず、汝《なんじ》ら衆人《しゅうじん》これロバのみ、汝《なんじ》らすこぶる女人の女人の見るに相恥《あいは》ずるありや。城中の生類《しょうるい》はことごとくこれ女人、ただ清浄太子《せいじょうたいし》のみこれ男子なり。もし我、清浄太子《せいじょうたいし》の門にいたらば、まさに衣裳《いしょう》をはくべし」。云々《うんぬん》。

城中の民はこの風刺《ふうし》によって激励《げきれい》せられたり。隠忍鬱積《いんにんうっせき》せる胸中の薪《まき》は、この皮肉《ひにく》の行動によって点火《てんか》せられ、たちまち反逆《はんぎゃく》の炎となって燃え上《あ》がれり。彼らは王を威嚇《いかく》して清浄太子《せいじょうたいし》を出さしめ、これを殺せり。今、この『増一阿含《ぞういちあごん》』の説話をとって、かの大仙コッコーカの説話と対照《たいしょう》するに、その動機《どうき》、異なれりといえども、しかも婦女《ふじょ》の奇抜《きばつ》なる動作、裸体《らたい》にて街上《がいじょう》を横行する点、衆人《しゅうじん》をことごとくこれ女人なりと喝破《かっぱ》する点、決してこれ別種《べっしゅ》の説話とはいうべからず。必ず一が他より借り来られしか、もしくは両者なんらか共通の根原《こんげん》を有するか、その間、密接の関係あるべきや疑なきなり。

『増一阿含経《ぞういちあごんきょう》』は僧伽提婆の訳するところ、僧伽提婆は符秦の建元年中、長安に来たれり。西紀三六五年より三八三年をもって擬《ぎ》すべし。すなわち西紀四世紀の末葉《まつよう》にこの説話は漢訳《かんやく》せらる。その淵源《えんげん》はまさに四世紀の初葉頃《しょよう》にありとすべし。すなわち西紀四世紀の初葉《しょよう》をもって、本書の成立時代とせば、あたらずといえども遠からざるを得んか。記して後の研鑽《けんさん》にまつ。

本書はインドにありては非常に広く行なわれ、前記の引用を見るほか、各地の方言に翻訳《ほんやく》せられ、コッコーカもしくはコーカの名は雷霆《らいてい》のごとく全インドことに南インドに喧伝《けんでん》せられたり。タンジョールの王宮には、これに関する絵画の多かりしを伝う。註釈《ちゅうしゃく》にはカーンチーナートハのディーピカーあり、ラーマチャンドスーリのヴァークヒャーあり。その他、本書の末尾に出せるティッパニーのごときは、何人の手になれるやを知らざるもまたこれ註釈《ちゅうしゃく》の一なりとす。また同じく『ラティラハスヤ』の名称を有せるものにして、ヴィドヤードハラの作あり、ハリハラの作あり。前者は本書の最後の一節に徴《ちょう》するにコッコーカの父なりしもののごとし。前出諸処《しょしょ》の引用あるものは、本書の中にその文を認め得ざるもの存するは、けだしこれによるならん。末尾の十二節が龍樹（ナーガールジュナ）の作より取られたりとのことは注目に値《あたい》すべし。彼はすでに『スシュルタ集録《しゅうろく》』なる医典の中、ウッタラタントラなる一章を作れるより見ても、また彼が壮年時代《そうねんじだい》、薬物をもって隠身の法を行ない、宮中に闖入《ちんにゅう》して宮女に戯《たわむ》れたりとの伝説あるに徴《ちょう》しても、この種の造詣《ぞうけい》浅からざりしを推知《すいち》し得《う》べし。

一九二六年九月十五日
訳者

●本書は一九四八年に世界古典研究会より発行された『ラティラハスヤ―性愛秘義―』を底本とし、本文を現代仮名遣い、現代表記に改めた。

●本文ルビにあたっては、「○牝牛《めうし》（牝牛《ひんぎゅう》）」というように、現代的観点から見て、できるだけわかりやすい読み方のルビをふった。

●一九九一年に出版された『カーマスートラ―インド古代性典集―』（原三正編／人間の科学社）から第一五篇十三は引用し、サンスクリット語のカタカナ表記に関しても同書を参考にした。

◉本書の装丁、扉デザインに使用した
ヒンディー語（デーヴァナーガリー文字）は、
「ウィキペディア (Wikipedia): フリー百科事典」より
「Wikipedia: ウィキペディアを引用する」
の要件をもとに引用した。

◉引用元
「ウィキペディア (Wikipedia): フリー百科事典」
हनि्दी वकिपिीडयिा
記事のタイトル　रतरिहस्य
URL　https://hi.wikipedia.org/wiki/रतरिहस्य
更新日時　अन्तमि परविर्तन 16:11, 27 जून 2017।

ラティラハスヤRatirahasya

12世紀ごろのインドで成立した性愛論。コッコーカの作。ラティ・ラハスヤとは「快楽の秘密」を意味し、『カーマスートラ』の姉妹編とも称される。また『コーカ・シャーストラ(Koka-sastra)』とも呼ばれる。

参考文献

『集英社世界文学大事典』(上村勝彦)

初版本　一九四八年発行

発行者　萩原里

東京都新宿区山吹町三三

印刷者　牧野武之介

東京都新宿区山吹町三三

発行所　世界古典研究会

東京都新宿区山吹町三三

Classics&Academia

ラティラハスヤ―性愛秘義―

2018年10月11日　発行

著　者　コッコーカ

訳　者　印度文学研究会

発行者　赤松　耕次

発行所　まちごとパブリッシング株式会社

〒181-0013　東京都三鷹市下連雀4-4-36

URL　http://www.machigotopub.com/

発売元　株式会社デジタルパブリッシングサービス

〒162-0812　東京都新宿区西五軒町11-13

清水ビル3F

印刷・製本　株式会社デジタルパブリッシングサービス

URL　http://www.d-pub.co.jp/

MP202

ISBN978-4-86143-340-5 C0098　Printed in Japan